도시, 청년 ㅊ러

도시, 청년, 호러

이시우

김동식

허정

전건우

조예은

남유하

아래쪽

이시우

가끔 내가 '아래쪽'에서 겪었던 일들을 되돌아볼 때마다 깜짝깜짝 놀라곤 합니다. 먼 과거의 경험인 듯 기억 한편에 애써 감추어 두려 했던 그 일들을 겪은 지 채 1년도 지나지 않았다는 깨달음 때문일까요?

좀처럼 누구에게도 쉽게 털어놓기 힘든 기이한 경험이었지만 그 시작은 평범했습니다. 세상 사람들이 좀 더 좋은 일자리를 찾는 건 당연한 일이고 그때의 나 역시 그랬으니까요. 인력 사무소에서 업무 설명을 듣고 계약을 했던 일 같은 건 잘 떠오르지도 않습니다.

하지만 맨홀 뚜껑을 멍하니 바라보는 내게 박 주사가 느물거리며 말했던 첫 출근의 그 순간은 지금도 생생히 기억납니다.

"왜, 이런 거 처음 봐? 안전 생각해서 그런 거야. 자기 추가 채용한 것도 그렇고."

박 주사의 말대로 잠금장치가 달린 맨홀 뚜껑은 생전 처음 접하는 것이긴 했습니다. 하지만 평소에 맨홀 뚜껑 따위를 유심히 관찰하고 다니는 사람이 얼마나 있나요?

그때까지의 저도 마찬가지였습니다. 내가 맨홀 뚜껑을 열고 그 아래로 내려가게 될 거라는 생각은 해 본 적도 없었기에 박 주사와 팀장님이 난생처음 보는 도구로 맨홀 뚜껑의 잠금장치를 해제하는 모습을 '그저 내가 몰랐던 게 있었으려니' 하는 마음으로 지켜보았습니다.

사실 내 시선을 사로잡은 건 잠금장치가 아니라 맨홀 뚜껑에 적힌 문구였습니다. 맨홀 뚜껑 중앙에 '서울시 관할'이라는 문구와 함께 적혀 있는 '아래쪽 관로'라는 문구 말이지요.

파견 업체에서는 꼬치꼬치 '일'에 대해 캐묻는 내게 "하수도라든가? 방수관이라든가? 하여간 그런 걸 관리하는 업무래요."라고만 말했었습니다. 하지만 맨홀 뚜껑에 적혀 있는 문구를 보니 내가 관리하게 될 건 '하수도'도 '방수관'도 아닌 것이 분명해 보였습니다. 사실 맡게 된 일이 하수도 관리 업무이건 방수도 관리 업무이건 내게 크게 중요하진 않았어요.

파견 업체에서 떼어 가는 수수료를 제하고도 급여가 상당히 괜찮았고, 휴무일이 없지만 매일 오후 9시부터 12시까지 딱 세 시간만 일하면 된다는 근무 시간도 매력적이었습니다.

'서울시청 소속 정규직 전환 가능성도 크다'라는 말도 들었지만 새겨 두지는 않았습니다. 그런 동화 같은 이야기에 현혹되는 사람이 도대체 누가 있단 말입니까?

"김 팀장, 이제 열자."

박 주사와 팀장님이 역시나 처음 보는 도구로 맨홀 뚜껑을 수직으로 세워 열었습니다. 처음에는 분명 육중한 쇳덩어리를 옆으로 끌어낼 거라 생각했습니다. 육중한 경첩에 의해 바로 세워져

아래쪽

아래쪽으로의 통로를 환하게 개방한 맨홀 뚜껑의 모습이 마치 다른 공간으로 들어가는 문 같이 보였습니다.

"에구구…. 간만에 힘 좀 썼더니 허리가 부러질 것 같네. 신입, 자기…. 나랑 김 팀장이랑 하는 거 잘 봤지? 내일부터는 자기가 김 팀장이랑 직접 열어 봐. 그… 이거 열 때 보도블록 망가지지 않게 신경들 좀 쓰고. 위쪽 도구들은 내가 챙겨서 이동할 테니 이제 내려들 가 봐. 김 팀장은 신입 교육 잘 시키고. 아 그전에 메시 라디오(Mesh Radio) 점검부터 하자."

팀장님이 파견 업체 사무실에서 장비들과 작업복들을 나누어 주며 기본적인 사용법을 설명해 주었기에 헤매지 않고 헬멧 왼쪽에 붙은 메시 라디오를 켤 수 있었습니다.

"사람 한 명 더 늘어나니 이거 페어링하기도 까다롭네. 김 팀장, 이거 어떻게 하는 거야?"

"일단 주사님이 채널 A로 맞춰 두십시오. 제가 채널 B로 들어간 다음에 신입을 그룹으로 묶으면 됩니다."

"뭐 이리 까다로워. 난 일단 하란 대로 했어."

"신입. 아까 사무실에서 가르쳐 준 대로 나랑 채널 맞춰 봐."

메시 라디오는 오토바이 배달할 때 쓰던 것과 거의 비슷한 형태여서 조작이 어렵지는 않았습니다.

"확인들 해 보자. 순서대로 자기들, 아래쪽 1, 2 말들 해 봐. 그다음에 위쪽 내가 말해 볼게."

김 팀장이 고개를 끄덕이고 헬멧 옆에 부착된 라디오의 송신 버튼을 눌렀습니다.

"아래쪽 1. 말합니다. 감도 좋습니까?"

"위쪽. 감 좋네."

내 앞에서 육성으로 오가는 팀장님과 박 주사의 대화가 한 박자 늦게 헬멧 안 스피커에서도 재현되었습니다. 팀장님이 이제 네 차례라는 듯 내게 턱짓하였습니다.

"아래쪽 2입니다. 잘 들리십니까?"

"위쪽. 잘 들린다. 이제 진짜 일 시작하자."

박 주사가 커다란 장비들을 전동 카트 위에 올려 두며 말했습니다. 활짝 열린 맨홀 뚜껑 주변에 남은 건 '관내 정비 중'이라고 써 붙인 삼각 콘들뿐이었습니다.

맨홀 주변 인도를 걸어가는 사람들이 삼각 콘에 눈길 한 번 주지 않고도 그 옆을 피해 지나다니는 것이 무척이나 신기하다는 생각이 문득 들었습니다.

"내가 먼저 내려간다. 내려가면 라디오로 신호 줄 테니 조심히 내려와."

맨홀 아래쪽으로 펼쳐진 관로의 한쪽에는 야광 물질이 발라진 듯 빛이 나는 사다리가 설치되어 있었습니다.

사다리를 타고 아래쪽으로 내려가는 팀장님의 야광 작업복에서 나오던 빛이 점점 사그라지더니 곧 맨홀 아래쪽에는 완전한 어둠만이 남았습니다.

"아래쪽 1입니다. 서울-동-관로 1-1 내려왔습니다. 신입. 이제 내려와."

"위쪽. 동 위치에서 아래쪽 1 확인했다. 자기, 특별히 첫날이니 플래시 좀 비춰 줄까? 발이라도 헛디디면."

"아래쪽 1. 불빛! 안 됩니다!"

아래쪽

라디오 너머에서 들려오는 팀장님의 목소리에는 너무나도 뚜렷한 분노가 실려 있었습니다.

"새끼… 지랄이야…."

움찔한 기색으로 박 주사가 혼잣말을 내뱉고선 내려가라는 듯 손짓을 하였습니다. 사다리를 타고 내려가는 일은 생각보다 어렵지 않았습니다. 위험하다는 생각도 들지 않았습니다. 위쪽에서 아래쪽을 밝혀 주던 불빛은 점점 희미해져 갔지만 곧 눈이 어둠에 익숙해졌습니다.

어차피 발을 뻗어 사다리의 아랫단을 확인한 후 거기에 의지해 조금씩 내려가면 되는 거였기에 발 아래쪽이 보이지 않는다는 게 큰 위험처럼 느껴지지 않았습니다.

발을 내뻗은 곳에 사다리의 얇은 단이 아니라 단단한 바닥이 느껴져 몸을 살짝 내던져 그 위로 착지했습니다.

하수관인지 방수관인지 알 수 없는 관로의 바닥에는 발등 높이 정도의 물이 고여 흐르고 있었습니다.

"위쪽에 보고해야지."

어둠 속에서 흘러나온 팀장님의 목소리를 듣고 라디오의 송신 버튼을 눌렀습니다.

"아래쪽 2. 내려왔습니다."

"… 다음부터는 위치도 말하는 것 잊지 마."

화를 눌러 참는 듯한 팀장님의 말투에 아차 싶었습니다. 사실 사무실에서 처음 팀장님과 만났을 때의 일만 떠올려 봐도 팀장님이 무척 예민한 사람이라는 걸 알 수 있었습니다.

지갑에서 명함을 꺼내 내게 건네주실 때 같이 빠져나온 종이

같은 것이 바닥에 떨어졌었습니다. 별생각 없이 명함을 건네받으며 종이를 주워 주려 하는 나를 팀장님이 발작적으로 밀쳐 버렸고요.

그때는 너무 놀라서 멍한 표정으로 그저 팀장님을 바라만 보았습니다. 팀장님은 내게 어떤 변명의 말도 하지 않은 채 꾸깃꾸깃 접힌 노란색 종이를 지갑 안으로 깊숙이 집어넣는 데만 정신이 팔린 것처럼 보였습니다.

그 종이라는 것이 암만 보아도 부적처럼 보였기에 그저 모른 척했었습니다. 부끄러우셨을 수도 있는 것이고 미신 같은 걸 진지하게 받아들이시는 분일 수도 있는 거니깐요.

"위쪽. 일 시작하자. 입구 닫는다."

무선과 함께 잠시 후 위쪽으로부터 '쿵' 하는 둔중한 소리가 들려왔습니다. 사다리 위쪽에서 미약하게나마 비쳐 오던 도시의 불빛이 맨홀 뚜껑에 가로막히자 관로 안에는 완전한 어둠만이 남은 것처럼 보였습니다.

하지만 그건 착각이었습니다. 팀장님과 내 작업복의 야광 물질이 내는 불빛이 관로 안을 은은하게 밝혀 주고 있었습니다. 어딘가 알 수 없는 위치에 희미한 광원이 있는 듯도 했고요.

관로의 너비는 두 사람이 어깨를 나란히 하고 걸어도 조금의 여유가 있을 정도로 넓었습니다. 높이는 내 머리 위로 주먹 네 개 정도의 공간이 남을 정도였고요.

사무실에서 날 본 다른 직원들이 왜 '저 정도면 키가 딱 적당하다'라고 했는지 이유를 바로 알 수 있었습니다.

"아래쪽 1. 서울 동 관로 1-1에서 1-2로 이동 시작합니다."

"알았다. 나도 짐 챙겨서 바로 이동 시작한다."

아래쪽

팀장님이 따라오라는 듯한 제스처를 취하고 움직였습니다. 황급히 팀장님의 발걸음을 쫓아 나란히 따라가려 했습니다.

"신입. 이동할 때 절대 내 옆에 서지 마. 왼쪽으로도 서지 말고. 오른쪽으로 두세 걸음 뒤떨어져서 따라와. 그리고…"

팀장님이 머뭇거리며 좀처럼 말을 이어 가지 않자 궁금증이 커졌습니다.

"규정에는 없지만 안전을 위해서 내가 세운 규칙들이야. 따라서 손해 볼 거 없으니 그대로 지켜."

"네. 오른쪽 뒤에서 두세 걸음 뒤떨어져서 따라가겠습니다. 그리고…요?"

"그리고. 무슨 소리 들린다고 절대 뒤돌아보지 말고. 특히 왼쪽에서 들리…"

끝말을 흐리며 관로 저편으로 걸어가는 팀장님을 다급히 뒤쫓아야 했기에 끝없이 꼬리를 물고 이어지는 궁금증을 눌러 참았습니다.

몇 걸음 걷지도 않았는데 팀장님이 왜 '소리'에 대해 말했는지 알 것 같았습니다. 제 예상보다 더 넓었던 관로는 외부에서 전파되는 소리를 증폭시키는 악기처럼 작용했습니다. 위쪽 어딘가에서 무거운 쇠가 떨어지는 듯한 쿵쿵 소리와 진동이 느껴졌습니다. 아래턱을 늘어트린 누군가가 목에서부터 올라오는 신음을 길게 이어 가는 듯한 소리도, 누군가 단단한 돌벽을 손톱으로 긁어 대는 소리를 몇백 배 증폭해 놓은 듯한 거슬리는 마찰음도 때때로 들려왔습니다.

등 뒤에서 관로에 얕게 깔린 물을 첨벙거리며 다급히 내게 달려오는 발소리가 들려 순간 고개를 돌릴 뻔했습니다.

"벽면에 숫자 보이지?"

등 너머로 내 행동을 지켜보고 있기라도 한 듯 때맞춰 날아온 팀장님의 질문에 간신히 '안전 규칙'을 떠올릴 수 있었습니다.

"네. 1-2…"

"처음 내려왔을 때랑 같은 요령으로 위쪽에 보고해."

라디오의 송신 버튼을 누르자 헬멧 안으로 기묘한 공간감이 느껴졌습니다.

"아래쪽 2입니다. 서울 동 관로 1-2 지나고 있습니다."

"여태까지 별 이상 없다고 말해."

"여태까지 별 이상 없습니다."

미세한 잡음과 함께 박 주사의 목소리가 들려왔습니다.

"위쪽이다. 위치 확인했다. 나도 동일 위치 지나고 있다."

스피커 너머로 들려오는 박 주사의 목소리는 미묘하게 밖에서 듣던 것과 달라져 있었습니다. 조금은 기괴하게 분절되고 늘어진 박 주사의 목소리에 괜히 소름이 돋았습니다.

팀장님은 내가 '위쪽'과 대화하는 걸 바라보지 않고 등을 돌린 채로 서 있었습니다. 우리의 대화가 끝나자 다시 말없이 발걸음을 옮겨 놓는 팀장님의 뒤를 따랐습니다. 여전히 어디에서 들려오는 것인지 구분할 수 없는 소음들과 팀장님과 내가 내는 발소리가 어우러져 관로 안으로 퍼져 나갔습니다. 가끔 벽면의 숫자가 바뀌면 라디오를 켜 '위쪽'에 위치를 보고했습니다.

허리를 펴고 걸을 수 있는 공간이 충분한데도 관로의 벽들이 사방에서 나를 옥죄어 오는 듯 답답함이 느껴졌습니다. 마스크

아래쪽

너머로 느껴지는 공기의 흐름은 무겁고 답답하고 끈적했습니다. 다행히 두꺼운 작업복을 입었음에도 열기는 느껴지지 않았습니다. 오히려 기묘할 정도의 서늘함이 관로 안에 맴돌았습니다.

그렇게 동 관로 1-3을 거쳐 1-4와 1-5를 지나가니 저 너머에서 희미한 빛이 관로 안으로 새어 들어오는 게 느껴졌습니다.

"저 앞에 봉인지 보이지?"

팀장님이 손짓으로 가리킨 곳은 관로와 관로 사이에 놓인 위가 훤히 뚫린 작은 공터였습니다. 우리가 처음 내려온 곳과 동일한 형태의 공간이었는데 차이점이라고는 사다리가 없다는 것뿐이었습니다.

미묘하게 관로보다 밝은 공터에서는 좀 더 쉽게 사물들을 구분할 수 있었습니다. 아마도 위쪽 도시의 불빛들이 새어 들어와서 그런 것처럼 보였습니다.

공터의 오른쪽 벽 위에는 사람이 기어서나 간신히 지나다닐 만한 조그마한 통로가 뚫려 있었습니다. 비교적 새로 지어지고 보수된 듯한 관로와 달리 통로는 연식을 짐작하기 힘들 정도로 오래되고 낡은 벽돌 구조물이었습니다.

통로의 입구 주변 벽에는 팀장님이 말한 '봉인지'가 빼곡히 붙어 있었고요. 고개를 돌려 왼쪽을 바라보니 공터 한편 아무것도 없는 공간에 '위험'이라고 적힌 팻말이 붙어 있는 삼각 콘이 놓여 있었습니다.

"저건…"

"위험이라고 쓰여 있는 거 안 보여? 정비하다 보면 저런 거 몇 개 마주치게 될 텐데. 근처에 가지 마. 너무 시선 오래 두지도 말고."

팀장님의 말투는 언제나 그렇듯 화난 것처럼 들렸지만 묘하게 무언가를 두려워한다는 인상도 주었습니다. 아무것도 없는 텅 빈 공간에 어떤 '위험'이 있을까 하는 의문이 들었지만 나 같은 초짜가 가질 법한 의문은 아닌 것 같았습니다.

가까이 오라는 듯 손짓으로 나를 부르신 후 팀장님은 조그마한 통로 입구 벽에 붙은 봉인지를 하나하나 떼기 시작했습니다. 팀장님의 오른쪽 뒤에서 그 모습을 지켜보고 있는데 통로 저 너머 어둠 속에서 무언가가 다가오고 있는 모습이 보였습니다.

처음에는 어둠 속에 초점을 오래 맞추어 눈이 착각을 일으키는 거라 생각했습니다. 왜 깜깜한 곳에서 사물들의 흐릿한 형상을 보고 있으면 상상력이 날뛰며 머릿속에서 그 모습을 구체적으로 완성시키곤 하잖습니까?

그건 벌거벗은 어린아이처럼도 노인처럼도 보였습니다. 비좁은 통로에 엎드려서 고개를 숙인 채 천천히 내게로, 우리에게로 기어 오고 있었습니다. 바닥에 살갗이 쓸리고 찢겨 나가는 듯 스윽, 쓱 하는 소리까지 들려왔습니다.

알 수 없는 형상의 목에서부터 시작되어 입으로 새어 나오는 듯한 나지막한 신음도 함께요. 통로의 입구에 가까워지는 알 수 없는 형상의 모습이 점점 더 뚜렷해졌습니다. 물속에 오래 담그고 있었기라도 한 듯 쭈글쭈글하고 퉁퉁 불은 하얀 손가락에서 좀처럼 눈을 뗄 수가 없었습니다. 내 모습을 바라보고 싶기라도 한 것인지 알 수 없는 형상은 힘겹게 기어 오는 와중에도 천천히 고개를 들어 올렸습니다. 이대로 가다간 분명 나와 눈이 마주칠 것만 같았습니다.

"제거 다 했다. 이제 새 봉인지 붙여 봐."

아래쪽

팀장님이 떼어 낸 봉인지를 허리에 찬 툴 벨트의 커다란 주머니 안으로 챙겨 넣고 내 어깨에 손을 올려놓았습니다. 퍼뜩 놀라 팀장님을 바라보고 다시 통로 너머를 바라보았습니다. 사람의 눈빛 같은 게 나를 마주 보고 있을 거라는 생각이 잠깐 들었지만 통로 안에는 짙게 내리깔린 어둠밖에 보이지 않았습니다.

사무실에서 미리 챙겨 온 봉인지들을 허리춤에 찬 툴 벨트에서 꺼내 들었습니다. 장갑을 낀 손으로 봉인지 한 면에 붙은 양면테이프를 제거하는 건 불가능할 것 같았습니다. 장갑을 벗어 조그마한 통로 위에 올려 두었습니다. 언제라도 물에 불은 하얀 손이 쑥 튀어나와 내 맨손을 움켜쥘 것만 같았습니다. 긴장했는지 떨려 오는 손을 간신히 억눌러 가며 봉인지를 하나하나 통로의 입구 벽에 붙여 나갔습니다.

묘하게도 봉인지는 팀장님의 지갑에서 떨어졌던 부적을 연상케 했습니다. 스무 장에 가까운 봉인지를 쓰고 나서야 통로의 입구를 모두 '막을 수' 있었습니다.

사실 통로의 입구는 훤히 뚫려 있었기에 막았다는 표현은 정확하지 않을 것입니다. 하지만 내 머릿속에는 '막았다'라는 생각과 함께 영문을 알 수 없는 안도감이 가득했습니다.

"잠깐 쉬자. 여기가 동 관로 2-1이야. 우리가 들어온 동 관로 1-1에서 서쪽으로 800미터쯤 떨어진 위치지."

"그런데 여기는 사다리가 없네요?"

"그래. 사다리는 우리가 들어온 1-1이랑 일 마치게 되는 4-1에만 있어. 여기는 일종의… 비상 출입구라고 생각하면 돼."

"비상 출입구요?"

"일하다가 혹시 무슨 일이 벌어질 경우엔 위쪽에서 입구 열고 사다리 내려 줄 거야. 우리 위치 계속 보고했던 거 기억나지? 통신이 오래 끊어지면 위쪽에서 마지막으로 잡힌 우리 위치를 기반으로 해서 근처 입구 열어서 구하러 올 거야."

어떻게 돌아가는 시스템인지 알 것 같아 고개를 끄덕였습니다.

"쉬는 김에 조금 더 설명해 줄게. 중요한 거니깐 잘 기억해. 혹시 무슨… 일이 생기면 통신으로 마지막 위치 보고하고 거기서 대기해. 도망… 이동하면 오히려 혼선만 생겨. 위에서 구하러 올 거니깐. 그리고… 구조 기다릴 때 눈 감고, 가능하면 귀도 막고 대기해."

질문할 게 너무 많으니 오히려 뭐부터 물어야 할지 떠오르지 않았습니다.

"잠깐 있어 봐서 알겠지만 여기 관로, 비좁고 시야도 안 좋아. 공기에 뭐가 섞여 있을지도 모르고. 그래서 이 안에선 감각이 쉽게 뒤틀려. 당황하면 오히려 더 큰 사고로 이어질 수 있으니 차분히 진정하고 있으라는 거야. 침착하게 기다리고 있으면 위쪽에서 구하러 온다는 이야기니깐…."

질문을 내뱉진 못했지만 의문 가득한 내 얼굴을 바라보던 팀장님이 주섬주섬 변명처럼 대답을 늘어놓았습니다.

"이제 위쪽에 보고해. 마저 움직이자."

더는 만족스러운 대답을 들을 수 있을 거란 기대가 들지 않았습니다.

"아래쪽 2입니다. 동 관로 2-1 정비… 마쳤습니다. 이제 이동합니다."

"위쪽이다. 아래쪽 너무 빨라. 속도 조금만 늦추자."

아래쪽

위쪽에서 박 주사가 무얼 하고 있기에 우리보다 속도가
지체되는 것인지 이해가 되지 않았습니다. 라디오 너머로 묘하게
흥겹게 들리는 도심의 소음들이 새어 들어왔습니다. 팀장님을
바라보니 어쩔 수 없다는 듯이 어깨를 으쓱해 보였습니다.

"아래쪽 1입니다. 속도 늦추고 일단 이동합니다."

팀장님은 박 주사의 대답을 기다리지 않고 발걸음을
옮겼습니다. 박 주사가 작게 투덜거리다 '따라잡겠다'는 대답만을
남겨 두었습니다.

그렇게 '동 관로 2-1'을 지나 3-1과 4-1의 봉인지를
교체했습니다. 2-1에서와 같은 기이한 일은 더는 없었습니다.
어쩌면 내가 관로 안을 잠식한 어둠과 온갖 알 수 없는 소음들의
향연에 익숙해져서 그리 느낀 것일지도 모르겠습니다.

발자국 소리뿐만이 아니라 때때로 흐느끼는 듯한 소리가
어디선가 들려왔지만, 팀장님은 개의치 않는 눈치였습니다. 나 역시
팀장님의 태연함을 흉내 내었습니다. 3-1과 4-1에 연결된 통로의
봉인을 교체할 때도 일부러 시선을 다른 곳에 두고 있었습니다.
어디로 연결되는지 알 수도 없는 통로의 어둠 너머를 애써 지켜보고
있을 필요는 없었으니깐요.

봉인을 교체하고 난 후 팀장님이 '위쪽'으로 무전을 보냈습니다.
한참이나 뒤늦은 대답과 함께 4-1 공터의 위쪽에서 무거운 것이
끌리는 듯한 소리가 들려왔습니다. 머리 위에서 활짝 열린 맨홀 뚜껑
너머로 도시의 불빛이 별처럼 반짝이고 있었습니다.

"아래쪽 1입니다. 동 관로 4-1 작업 마치고 올라갑니다. 신입.
먼저 올라가라."

팀장님의 말에 따라 사다리를 타고 올라갔습니다. 처음 내려올 때보다 훨씬 빠르게 올라갈 수 있었지요. 불빛에서 아래쪽 어둠 속으로 내려가는 것보다는 어둠 속에서 위쪽 불빛을 향해 올라가는 것이 훨씬 더 수월했기에 그랬는지도 모르겠습니다.

"욕봤다. 자기, 일은 어때? 할 만하지?"

말없이 박 주사에게 고개를 끄덕인 후 팀장님에게 무전을 보냈습니다.

"아래쪽 1. 올라갑니다…."

라디오 스피커에 묘한 잔향을 남긴 팀장님의 말 뒤에 다른 누군가의 목소리 같은 것이 들려왔습니다. 마치 혼선이 된 것처럼요. 하지만 혼선은 아닌 것 같았습니다. 아주 작은 목소리였지만 팀장님이 누군가에게 거듭 사과하는 듯한 말을 하고 계셨거든요.

생각했던 것보다 더 오랜 시간이 지나서야 팀장님은 지상으로 나왔습니다.

"왜 이리 오래 걸렸어? 정리하고 퇴근합시다."

시계를 보니 12시 30분이었습니다. 인력 사무소에서 들은 것보다 30분이나 늦어진 시간이었지만 큰 불만은 없었습니다. 팀장님과 함께 육중한 맨홀 뚜껑을 닫고, 잠금장치를 채우고, 맨홀 주변에 박 주사가 설치해 둔 삼각 콘을 치운 후 장비들을 전동 카트에 모두 실었습니다.

"세탁하고 목욕 안 가실 겁니까?"

"나? 난 필요 없지. 바로 퇴근할 거야. 자기들은 갈 거지?"

"네."

"여기. 세탁비랑 목욕비. 내 것까지 넣었으니 가다 둘이 술이라도 한잔하든가. 내일, 아니 오늘 밤에 다시 봐."

박 주사가 손을 흔들면서 떠나갔습니다. 따로 설명을 들은 적은 딱히 없었지만, 장비도 정비복도 치워 놓고 가야 하는 게 분명해 보였습니다.

"장비는 공영 주차장에 세워 둔 차 안에 던져두면 돼. 내일도 쓸 거니깐. 정비복 세탁한 다음 목욕만 하고 퇴근하자. 집 어디라고 했지? 목욕하고 내 차로 태워 줄게."

목욕이고 뭐고 집에 가서 침대에 몸을 던질 수만 있다면…. 알수 없는 소리와 형상에 시달린 눈과 귀를 쉴 수만 있다면…. 하지만 이제 막 처음 출근한 신입에게 무슨 선택권이 있었을까요?

공영 주차장에 세워 둔 작업용 밴에 물건들을 실은 후 팀장님이 나를 데려간 곳은 건물 하나를 통째로 쓰는 24시간 사우나였습니다. 팀장님이 입구 로비에서 계산을 하는 걸 멍하니 지켜보았습니다.

다음부터는 나도 목욕은 집에 가서 한다고 하고 목욕비를 따로 받아야겠다고 생각했던 것 같습니다. 분명 남자 탈의실은 4층에 있다고 쓰여 있었는데 엘리베이터에 올라탄 팀장님이 누른 건 5층 버튼이었습니다. 그때쯤엔 너무 지치고 피곤해서 궁금하거나 따지고 싶은 마음도 들지 않았지 싶습니다.

불이 꺼진 5층은 사용하지 않는 식당처럼 보였습니다.

"대충 옷 벗어서 놓고 가면 알아서 바로 세탁해 줄 거야. 우린 목욕하러 가자."

팀장님이 바닥에 놓인 바구니에서 사우나복을 꺼내어 내게 건네주었습니다. 머뭇거리다 팀장님을 따라 아무렇게나 내팽개치듯 정비복과 속옷을 바닥에 벗어 놓고 사우나복으로 갈아입었습니다.

　　앞장서는 팀장님을 따라 목욕탕으로 내려갔지요.

　　"오늘 피곤했지? 좀 쉬었다 가자."

　　'쉬는 건 집에 가서 하고 싶다'는 말이 입 밖으로 튀어나오려는 걸 억지로 눌러 참았습니다. 목욕탕 안에서까지 어디론가 나를 인도하는 팀장님을 그저 묵묵히 뒤따라야만 했습니다. 팀장님은 남탕 구석에 놓인 안마 침대로 나를 데려갔습니다. 두 명의 안마사분들이 우릴 기다리고 있더군요. 물에 불어 쭈글쭈글한 안마사분들의 손가락과 눈을 감은 채 조금은 부자연스럽게 조심스레 움직이는 발걸음이 묘하게 '동 관로 2-1'에 연결된 작은 통로에서 내가 보았던 형상들을 연상케 했습니다.

　　안내에 따라 안마 침대에 몸을 엎드려 누이니 억센 동시에 부드러운 손길이 내 몸의 긴장들을 풀어 주기 시작했습니다. 안마사분이 여태껏 한 번도 맡아 보지 못한 향의 오일을 내 몸 구석구석에 뿌리는 것이 느껴졌습니다. 묘하게 마음이 진정되는 향이었습니다. 긴장이 풀리며 억누르고 있었던 피곤이 한꺼번에 몰려왔습니다.

　　내 몸을 타고 흘러내리는 물들이 욕탕의 타일을 타고 배수구로 흘러 들어가는 것을 엎드려서 멍하니 지켜만 보았습니다. 물은 배수구를 타고 아래로… 아래로 내려가 어딘가에 있는 관로로 흘러 들어갈 테고… 그 관로에선 누군가가 그 일을 왜 해야 하는지 이유도 알지 못한 채 맡겨진 일을 하고 있을 테고…

　　"그들에게 보여졌습니까?"

　　"모릅니다."

아래쪽

반쯤 잠들어 있어서 내가 듣고 있는 대화가 꿈에서 이루어진 것인지 현실에서 이루어진 것인지 구분이 되지 않았습니다.

"그래도 '사고' 이후에 인력이 충원돼서 다행입니다. 팀장님 혼자서 너무…"

"사람이 늘어난다고 해결이 될 일인가요, 이게….."

"위쪽 사람들이 생각하는 게 다 그런 식이지요. 그 와중에도 '둘은 부족하나 넷은 너무 많다'고 생각했을 거고요."

좀처럼 의미가 파악되지 않는 대화가 꼭 꿈속에서 듣는 부드러운 노랫소리처럼 들렸습니다.

"가자, 신입. 밤이 깊었다."

퍼뜩 정신을 차려 보니 수건을 덮은 채로 잠들었던 것 같았습니다. 내 몸을 덮고 있는 수건에는 여전히 기분 좋은 향이 맴돌고 있었고 몸에 묻은 물기는 어느새 바짝 말라 있었습니다.

팀장님을 따라 다시 5층으로 올라가 보니 바구니 옆에 속옷과 정비복이 잘 정돈되어 놓여 있었습니다. 어느 틈에 세탁을 한 건지 신기해하며 옷가지들을 집어 드는데 굵은 소금 같은 것들이 떨어지더군요.

의식과도 같은 목욕까지 마치고 팀장님이 나를 고시원에 태워다 주니 새벽 3시가 넘은 시간이 되었습니다.

"내일부터는 오늘처럼 오래 걸리지는 않을 거다. 푹 쉬고."

떠나가는 팀장님의 차를 멍하니 바라보다 고시원의 방으로 들어갔습니다. 제대로 옷을 벗지도 않고 침대 위로 몸을 던졌습니다. 얇은 벽 사이로 온갖 소음이 들려왔지만 나를 수면의 늪 저 아래쪽으로 잡아끄는 알 수 없는 힘을 막아설 정도는 아니었습니다.

점점 깊은 잠의 나락으로 빠져드는 내 귓가에 누군가 바닥을 긁으며 기어서 다가오는 소리가 저 멀리서부터 들려왔습니다.

그 뒤로는 반복되는 일상의 연속이었습니다. 관로 안에 울려 퍼지는 온갖 기괴한 소리에도, 한 번 들이쉬고 내쉬는 것도 벅찬 관로 안의 육중한 공기에도 결국엔 천천히 익숙해졌습니다. 하지만 관로 안 어둠 속에서 불쑥불쑥 나타나는 형상들에는 좀처럼 익숙해질 수 없었습니다.

그런 것들을 한 번 보기라도 한 날엔, 이제는 습관처럼 찾게 된 목욕탕의 시각장애인 안마사들의 손길과 알 수 없는 향과 '세탁'되어 정화된 옷가지들이 목욕을 마치고 나온 내 피부에 닿는 감각 같은 것들이 더 절실하게 느껴졌습니다. 비록 그 모든 것들이 도대체 무슨 의미인지는 여전히 알 수 없었지만요.

익숙해져 견딜 수 있었던 나날들에 작은 균열을 만든 건 추석을 얼마 남겨 두지 않은 어느 주 월요일에 있었던 사건이었습니다. 유달리 관로 안의 소음들이 잠잠하다는 기분이 들었습니다. 그때쯤에는 어둠 속에서 불쑥 나타나는 형상들이 전부 관로의 입구와 연결된 '공터'에서만 출몰한다는 걸 알고 있었기에 그 사이의 이동로인 관로를 지날 때는 그다지 긴장을 하지 않고 있었습니다.

하지만 그날따라 나아가야 할 관로의 앞에서 우리를 기다리고 있는 어둠이 유난히도 더 짙고 불길하게 느껴졌습니다. 관로 안의 육중한 공기의 밀도도 한층 진하고 무겁게 느껴졌고요.

막 '동 관로 2-3'을 지날 때였습니다. 2-3과 2-4 사이에 놓인 '위험' 안전 삼각 콘 옆에 누군가 서 있더군요. '누군가'라고밖에 말할 수 없는 건 그를 발견하자마자 내가 시선을 땅에 떨구었기 때문입니다.

이제껏 보아 왔던 흐릿한 형상과는 달리 너무나 뚜렷한 존재감을 가진 '누군가'였습니다.

앞서가는 팀장님의 안전화가 얕게 고인 물을 찰팍찰팍 튕기며 앞으로 나아가는 것만 보며 뒤를 따랐습니다. 몇 발자국… 아니 몇십 발자국만 더 앞으로 나아가면 '위험'한 곳을 스쳐 지나갈 수 있겠다고 생각했는데 앞으로 나아가는 팀장님의 보폭이 점점 좁아졌습니다.

마치 더 이상 앞으로 나아가기를 두려워하는 사람의 발걸음처럼요.

"팀장님. 혹시… 저거…"

"어둠 속에서 흐릿한 사물이 보이면 말이야…."

팀장님의 목소리는 가늘게 떨리고 있었습니다.

"네."

"어둠 속에서 보이는 흐릿한 사물들은 왜인지 전부 사람의 모습 같지 않아? 왜 그럴까? 그게 쓰러진 나무이건 버려진 옷가지이건 전부 다 사람처럼 보이잖아. 이상하지 않아?"

내게 하는 질문은 아니었습니다. 결의를 다지듯 스스로를 다잡기 위해 던지는 질문처럼 들렸습니다.

"팀장님 이거… 위쪽에 도움 청할까요?"

"계속 앞으로 가자. 뒤돌아보지 말고 앞만 보고 일단 동 관로 3-1까지 가자."

한 발 한 발을 떼어놓는 것이 너무 두려웠습니다. 언제라도 내가

'위험' 삼각 콘 옆을 지날 때 그 알 수 없는 형상이 구체적인 실체를 드러내며 나를 덮쳐 올 것만 같았습니다. 지금쯤이면 그 옆을 지나고 있을까? 아니면 조금 더 앞에서 그 기이한 형상이 고개를 쳐들고 우리를 기다리고 있을까? 지금이라도 발걸음을 멈춰 세우고 눈과 귀를 막고 도움을 기다려야 하는 것일까?

고개를 숙여 팀장님의 안전화만 바라보며 앞으로 계속 나아갔습니다. 언제라도 앞에서, 옆에서, 뒤에서 불쑥 그 기괴한 형상이 모습을 드러낼 것 같다고 생각하면서 나아갔습니다.

'동 관로 3-1' 공터에 다다르고 미약한 빛의 세례에 몸을 내맡기니 조금은 마음이 놓였습니다. 등 뒤로 시커먼 입을 벌리고 있는 '동 관로 2'와의 연결 통로를 자꾸만 바라보려 하는 나를 애써 억눌러야만 했습니다.

"헛것 봤나 보네요."

꾸며 낸 듯 과장된 밝은 목소리로 팀장님에게 말을 걸었습니다.

"위쪽이다. 동 관로 3-1에 있다. 무슨 일들 있어? 위치 어디야? 왜 보고가 이리 계속 늦어?"

"아래쪽 1입니다. 동 위치에 있습니다. 작은… 이슈가 있었습니다. 3-1 정비 시작합니다."

"… 그래? 욕들 보고… 뭔 일 있음 바로 연락들 해."

자신과는 무관한 남의 일을 말하는 듯한 위쪽 박 주사의 목소리가 너무나도 멀리서 들려오는 듯했습니다.

"… 그럼 봉인 갈겠습니다."

"오늘은 하지 말자."

"네?"

아래쪽

그때까지도 난 왜 봉인을 교체하는 것인지, 그 봉인이 무얼 위한 것인지 정확히 모르고 있었습니다. 그저 시켰기에 하는 일이었고, 돈을 벌기 위해 하는 일이었지요. 하지만 거듭 반복되는 일을 하다 보니 하루 지난 봉인을 뜯어내고 새로운 봉인을 붙이는 그 행동에 나만의 의미를 부여하게 되었습니다.

"그게 저희 일인데⋯."

"그거 우리가 하든 하지 않든⋯ 위쪽에선 모른다. 어차피 봉인 파기는 내가 하니깐⋯ 오늘 사용하지 않은 건 알아서 처리할게."

"그래도."

"오늘은 더 이상 갈지 마."

잔뜩 날이 서 예민한 팀장님의 목소리에서 설명하기 어려운 감정들이 느껴졌습니다. 누구를 향한 것인지 알 수 없는 두려움, 원망, 한탄 같은 것들이 느껴졌기에 나는 말없이 고개만 끄덕였습니다.

'너무 빠르다'고 쉴 새 없이 불평하는 박 주사의 만류를 무시하고 팀장님은 빠르게 4-1까지 이동했습니다. 작업을 마쳤다는 무전에 여전히 불만 가득한 말투로 대답한 박 주사가 4-1 공터의 입구를 열어 팀장님과 내가 밖으로 나온 건 12시가 채 안 되었을 때였습니다.

밤하늘에 뜬 초승달의 빛이 도심의 불빛에 밀려 희미하게 느껴졌습니다.

"오늘 아래쪽에서 무슨 일 있었어? 왜 그리⋯"

"네. 좀 그랬습니다."

"⋯."

팀장님의 대구에 박 주사는 얌전히 입을 다물었습니다.
언제나처럼 자신의 것을 합친 목욕비를 건네주고 '쉬라'는
말만 남기고 떠나가는 박 주사를 팀장님은 한참이나 말없이
바라보았고요.

　　"목욕 마치고 술 한잔할래?"

　　갑작스러운 팀장님의 제안에 대구할 말을 찾지 못해 한참이나
고민해야만 했습니다. 아무리 해도 좀처럼 쉽게 적응이 되지
않는 일이라 너무 피곤했기 때문이었을까요? 언제나 일을 마치고
의식과도 같은 목욕과 세탁까지 끝마치고 나면 그저 생각나는 것은
작은 단칸방에 놓인 침대뿐이었습니다.

　　하지만 그날만은 예외였습니다. 좀 전에 보았던 것의 형상이
자꾸 머릿속에서 어른거려 술의 도움이라도 받지 않는다면 도저히
잠을 이룰 수가 없을 것만 같았습니다.

　　우리 둘이 찾은 곳은 제가 사는 고시원 앞에 있는 편의점의
노상 테이블이었습니다. 작업복도 갈아입지 않은 채로 말도 없이
팀장님이 사 오신 소주를 몇 잔이나 털어 넣고야 입을 뗄 수가
있었습니다.

　　"그거… 아까 본 거…"

　　"이미 익숙해졌지? 저런 데서 일하다 보면 별의별 소리가 다
들리고 별의별 게 다 보이고…."

　　묘하게 회피하는 듯한 팀장님의 태도에 불쑥 화가 치밀어
올랐습니다.

　　"그게 헛것? 우리가 헛것을 봤다고요? 아까는 팀장님도 분명
무서워하셨잖아요!"

"…."

내게 대답할 적당한 거짓말을 고르듯 팀장님은 한참이나 말없이 술잔을 비우기만 했습니다.

"신입…. 너 뽑기 전에 사고 있었다는 이야기는 들었었지?"

"네…. 한 분 돌아가셨다고."

"원래 서울 동 관로 1-1부터 4-4까지는 창영이 구간이었어. 그게… 원래는 우리… 아래쪽 관리하는 인원은 한 명이었거든."

문득 어디선가 들은 '넷은 너무 많고, 둘은 너무 적다.'라는 문구가 머릿속을 스치고 지나갔습니다.

"그 '위험' 콘은… 창영이 나름 머리 써서 가져다 둔 거고. 걔가 자기 하는 일에 대한 책임감도 강하고 나름대로 근무 환경도 개선하려고 아이디어도 잘 내고 했거든. 그래서 그거 보다 보니 걔 생각이 나서."

팀장님이 뻔한 거짓말을 늘어놓고 있다는 걸 나는 알고 있었습니다. 팀장님도 내가 팀장님의 거짓말을 눈치챘다는 것을 알고 있었고요. 어쩌면 둘 사이에 알 수 없는 합의가 이루어졌을지도 모를 일입니다. 더 이상 깊게… 아래쪽에 대해 이야기하는 건 좋지 않다고요.

"무슨 사고였습니까?"

"뭐라고 들었냐?"

"그냥 사고라고만…. 사실 인력 사무소 나가기 전에 찝찝해서 기사도 좀 찾아봤는데 그냥 서울시 산하 시설물 관리 비정규직이 관리 부실 사고로 죽었다고만."

"좆 같은 새끼들…."

평소 팀장님답지 않게 갑작스레 터뜨린 욕설에 말문이 턱 하고 막혔습니다.

"그저 지들 하고 싶은 말만 하는 거지. 사람이 죽었는데 뭘 하다 죽었는지, 그 사람이 하는 일의 의미는 뭐였는지, 그 일이 사회에 어떻게 기여를 했었는지, 그런 건 관심도 없고 그냥 지들 할 말만 입맛대로 골라서 하는 거야."

"그분… 우리 일에 어떤 의미가 있는데요. 어떻게 사회에 기여를 하는데요?"

돌발적인 내 질문에 팀장님은 한동안 말을 이어 가지를 못했습니다.

"객귀(客鬼)라고… 아니 신도(神道)라고 들어 봤어?"

팀장님의 질문이 무얼 말하는지 알 수 있을 것 같기도 모를 것 같기도 했습니다. 어차피 말을 멈추지는 않으실 것처럼 보여서 그저 고개를 가로젓기만 했습니다.

"도시 아래쪽에 뭐가… 어떤 시설들이 있는지 사람들은 관심이 없잖아? 거기서 무슨 일이 이루어지는지 그 일들의 의미가 뭔지도 모르고?"

"네."

"왜 상수도 하수도를 도시의 혈관이라고 하잖아? 배수관은 또 어떻고? 아무도 자기 몸속에, 도시의 아래쪽에 뭐가 지나가는지 신경 안 쓰지만, 아무튼 그거 누군가는 관리해야 하는 거잖아? 아무도 신경 안 쓰고 관리 제대로 해 주지 않으면 사람들이 봐선 안 될 걸 보게 되고, 들어서는 안 될 걸 듣게 되는 거고."

스스로의 말이 우습다는 듯 팀장님은 발작적인 웃음을

아래쪽

터트렸습니다.

"사람들이 모여 사는 곳에는 필연적으로 더러운 것들… 보기 싫은 것들이 생겨나. 신나게들 처먹고 나면 아래쪽으로 뿜어져 나오는 것들도 그렇고…. 사람들 사이에 남아 있지 못하고 버려지고 잊혀 죽음을 선택한 사람들도 그렇고…. 그걸… 그런 걸 아무도 몰라. 자기들 발아래 쪽에 뭐가 있는지, 뭐가 흘러 다니고 있는 건지. 자기들이 그런 걸 어떻게 안 보고도 살 수 있는 건지. 자기들이 뭘 디디고 서서 지금의 삶을 살고 있는지. 더럽고, 보기 싫고, 보아서는 안 될 것들 감춰서 자기들 부동산값 지켜 주는 게 누군지. 개 같은 새끼들이 '비정규직의 죽음' 타령이야…. 창영이가 자기들을 위해서 뭘 해 왔었고, 뭘 하고 있었는지는 관심도 없는 개새끼들이."

"그거 막는 거죠? 봉인지로. 객귀?"

"막는다고?"

팀장님은 어리둥절한 표정으로 내게 질문을 던졌습니다. 내 질문을 한참이나 곱씹는 듯해 보이더군요.

"막는다고? 봉인지로? 그렇게 생각한 거야? 정확히 반대겠지…. 신입…. 자기야…. 왜 어둠 속에서 보이는 형상들은 다 사람 같아 보이는 걸까? 왜… 그것들…은 사람들한테 몰리는 걸까?"

대답을 할 수 없는 팀장님의 질문에 그저 고개를 내저었습니다.

"어둠 속에서 불빛이 보이면 그거만큼 반가운 게 있을까? 버려지고 잊힌 사람들한테 다른 사람의 존재만큼 간절한 게 또 있을까? 계속 막고 가두기만 하면 결국엔 넘쳐서 터지게 되잖아? 제대로 된 길에 올라타서 계속 흐르고… 흘러가게 해 줘야 하잖아? 그 일을 누군가는 해 줘야 하잖아?"

객귀들을 그들의 길로 안내하는 게 우리의 일이었을까요? 왜 그런 사실을 인력 사무소에서는 설명하지 않았을까요? 새삼스러운 의문에 헛웃음이 나왔습니다.

세상 어떤 일이든 다 마찬가지 아닌가요? 알 수 없고, 불합리한 구석이 없는 일이라는 게 세상에 존재하긴 하나요? 설명을 듣지도 못한 채 귀신들의 안내인 노릇을 해야 하는 게, 설명을 듣지도 못한 채 상사의 취미 생활에 근무 시간 외에도 억지로 어울려 줘야 하는 것과 뭐 그리 다른 일인가요?

취기가 잔뜩 오른 팀장님은 한동안 뜻 모를 질문만을 반복했습니다. 결국엔 대리운전 기사를 불러서 팀장님을 집으로 보내야만 했습니다. 팀장님을 떠나보내고 침대에 몸을 뉘어 보았지만 좀처럼 잠은 오지 않았습니다. '일을 그만두어야 하나?' 하는 생각이 잠깐 들었습니다.

하지만 무엇 때문에요? 업무 시간에 비하면 보수가 나쁜 것도 아니었습니다. 도저히 맨정신으로는 감당하기 힘들고 설명할 수 없는 부분들도 분명히 있었지만, 세상 어떤 일인들 그런 점 한둘이 없을까요?

머릿속에서 떠오르는 의문들을 애써 억누르며 억지로 잠을 청했습니다. 결국엔 실패해서 뜬눈으로 다음 날 출근 시간까지의 시간을 침대에서 꼬박 지새웠고요.

술자리에서 나누었던 대화가 낯 뜨거웠던 것인지 팀장님은 애써 나를 외면하는 듯해 보였습니다. 그런 태도는 몇 날 며칠 동안 꾸준히 이어졌고요.

그날은 추석 연휴 중의 근무일이었을 겁니다. 예보에도 없던

아래쪽

가을비가 제법 많이 쏟아지고 있었습니다. 그런 걸 받을 나이도, 위치도 아닌 것처럼 보였지만 명절 스트레스가 심한 것인지 박 주사는 근무 시작도 하기 전부터 괜한 짜증을 우리에게 부려 대었습니다.

팀장님 역시 한층 더 예민한 상태였고요. 서울 동 관로 1의 공터로 내려가 보니 두 사람의 신경이 왜 그리 곤두서 있었는지를 알 수 있었습니다. 갑작스레 내린 비로 관로 안의 수위가 무릎까지 올라와 있었습니다.

"위쪽이다. 허튼 거에 정신 팔지 말고 긴장 바짝들 해."

'허튼 거'를 볼 일도, 겪을 일도 없는 위쪽에서 하는 팔자 좋은 소리는 무시하고 팀장님과 함께 앞으로 나아갔습니다. 불어난 물이 발목을 단단히 붙잡고 도무지 놓아 줄 생각을 하지 않아 앞으로 나아가는 그 단순한 동작조차 너무나 힘이 들었습니다. 관로 안을 메우고 흐르는 물 덕분인지 공기의 밀도는 한결 낮아졌습니다. 숨쉬기도 이전보다 훨씬 더 편해졌고요.

위쪽에서 내리는 빗소리는 기괴하게 변형되어 관로 안을 맴돌았습니다. 물방울이 위쪽 어딘가의 표면을 때리면 그 소리가 몇백, 몇천 배로 증폭되어 관로 안에서는 산이 무너지는 듯 요란하게 울려 퍼졌습니다.

요란한 소리의 교향곡에는 출처를 알 수 없는 불협화음들도 섞여 있었습니다. 관로의 바깥쪽 공간에서 몇 명이나 되는 사람이 동시에 의미 없는 말을 내뱉고 있는 듯한 낮은 목소리들이 들려왔습니다. 힘겹게 앞으로 나아가는 팀장님과 내 뒤를 다급하게 쫓아오는 누군가가 만들어 낸 요란한 발걸음 소리도요.

"뒤는 신경 쓰지 말고 계속 가자."

"네!"

외부의 소리에 파묻히지 않도록 우리 둘은 악을 쓰듯 소리치며 대화해야만 했습니다. 동 관로 2-1의 공터에 도착하니 수위가 조금 낮아져 있더군요. 불안한 듯 좀처럼 진정을 못 하고 자꾸만 공터 안을 방황하고 있는 팀장님을 내버려 두고 혼자서 어제의 봉인지를 떼어 내기 시작했습니다.

작업하는 내내 등 뒤 동 관로 1쪽 방향에서 들려오는 발소리들이 신경 쓰여 자꾸만 시선이 그쪽으로 향했습니다. 떼어 낸 봉인지를 툴 벨트의 주머니에 쑤셔 넣고 새로운 봉인지를 꺼내려 하는데 팀장님이 내 손을 잡고 만류하셨습니다.

"오늘은 떼기만 하자."

"네? 새것 안 붙이고요?"

"그래. 떼어 놓고 가. 새것은 내일 붙여도 되니깐. 날이 심상치가 않다…."

물어보아도 제대로 된 대답을 들을 수 있을 것 같지는 않아 질문을 삼켰습니다. 라디오의 송신 버튼을 눌러서 위쪽에 2-1의 작업 완료를 보고했는데 좀처럼 대답이 돌아오지 않았습니다.

"아래쪽 2입니다. 동 관로 2-1 작업 마치고 이동하려 합니다. 안 들리십니까?"

"… 기… 기…다려…. 가…고…"

아무리 잡음이 끼어 있었다 하더라도 라디오 너머에서 들려오는 소리는 도저히 박 주사의 목소리라 생각할 수 없었습니다. 낯선 음색과 말투 때문에 그리 생각한 것은 아니었습니다. 마치

아래쪽

수많은 사람이 동시에 합창하듯 말하고 있는 것처럼 들렸기 때문이었습니다.

"… 어서 가죠, 팀장님."

봉인지를 떼어 낸 연결 통로 너머에서도 누군가 아니 누군가들이 기어 오는 듯한 소리가 들려왔습니다. 어서 여기서 빠져나가야 한다는 생각뿐이었습니다.

얼이 빠진 듯 좀처럼 발을 뗄 생각을 하지 않는 팀장님을 떠밀듯 재촉해서 앞으로 나아갔습니다. 관로 안으로 들어가자 수위가 다시 불어났습니다. 거의 허벅지까지 차오른 물을 헤치며 앞으로 나아가는데 물속에서 자꾸만 무언가 제 발목을 잡아끄는 느낌이 들었습니다.

등 뒤에서 들려오는 발걸음 소리는 점점 더 커져만 갔습니다. 제대로 된 대답이 돌아오지 않는 라디오에 위치를 보고하고 동 관로 2-2를 지나갔습니다. 2-3이 가까워지자 팀장님의 발걸음은 점점 느려졌습니다. 결국 앞으로 나아가는 데만 집중하던 내 발걸음에 따라잡힌 팀장님과 내가 나란히 서게 되었습니다.

"아. 죄송합니다. 그래도 어서 앞으로 가시는 게…"

"…"

팀장님은 초점 없는 눈으로 날 바라보며 대꾸하지 않았습니다.

"… 도움 요청할까요?"

"아냐. 문제없어…. 가자."

그때부터 무언가에 홀린 사람처럼 팀장님은 앞으로 나아갔습니다. 물속에서 내 전진을 가로막는 무언가의 방해를 계속 뿌리치며 그 뒤를 따랐습니다. 2-3을 지나 2-4로 나아가는데 저

앞에서 '위험' 표시가 적힌 삼각 콘이 떠내려오고 있었습니다.

자세히 보니 그건 삼각 콘이 아니었습니다. 우리 것과 똑같은 정비복과 헬멧을 쓴 누군가가 물속에 머리를 처박고 떠내려오고 있었습니다. 그때는 도와줘야 한다는 생각뿐이었습니다. 손을 내밀고 앞으로 나가려 하는데 팀장님이 나를 만류했습니다.

"도움 청하자. 눈 감고 귀도 막아."

"네? 저분 도와…"

"넌… 저게, 아니 저것들이 사람으로 보이니?"

팀장님이 손을 뻗어 가리킨 곳에서 사람 같은 실루엣의 흐릿한 형상이 고개를 천천히 들어 올리고 있었습니다. 머리카락은 기괴할 정도로 길게 자랐고 얼굴색은 퍼렇게 변색되어 있었으며, 눈이 있어야 할 자리에는 시커먼 어둠, 관로 안을 집어삼킨 그것보다 훨씬 더 짙은 어둠이 가득 차 있었습니다. 그것의 길게 찢어진 입꼬리가 위로 치켜 올라갔습니다. 꼭 우릴 보고 반가움에 웃음 짓는 사람처럼요.

그 기괴한 형상 너머, 동 관로 2-4 방향의 어둠 속에서 무수히 많은 '그것들'이 걷고, 기고, 뛰며 우리에게로 다가오고 있었습니다. 모두가 반가움을 주체하기 힘든 듯 얼굴 한가득 미소를 띠고요.

감당하기 힘든 광경에 내 눈은 저절로 감겼습니다.

"아래쪽 1입니다. 동 관로 2-3과 2-4 중간 지점에 있습니다. 도움 바랍니다."

"… 도…와…줄…"

박 주사의 목소리는 더 이상 들려오지 않았습니다. 와글와글 수많은 존재가 동시에 대답해 오는 소리에 질려 귀를 틀어막으려

아래쪽

했습니다.

"그때 왜 저 도와주러 오지 않으셨어요?"

라디오 너머에서 들려오는 건 처음 들어 보는 목소리였습니다.

"… 창영이냐….”

"그때 위쪽에 계셨잖아요. 제가 도움 요청했는데 왜 절 혼자 여기 내버려 두셨어요?"

"구하러 가려고 했어! 소방서에 바로 도움 요청하고 동 관로 2-1로 되돌아갔다고! 그런데…"

"팀장님. 당신이 구하러 오지 않아서 어둠 속에서 계속 날 잡아당기고, 말을 걸어오고, 내게 자길 보아 달라 하는 것들 사이에 혼자 버려져 있었어요. 그게 어떤 기분인지 알아요?"

"그건… 불법 주차 차량 때문이었어…. 2-1의 맨홀을 막고 세워진…. 차주에게 계속 연락해 보았지만 늦은 시간이라 그런지 전화를 받지도 않았어….”

팀장님의 목소리에는 짙은 물기가 묻어 나왔습니다.

"처음에는 죽을 듯이 무서웠어요. 그다음엔 버림받았단 생각에 화가 났고요. 마지막엔 무슨 생각만 드는지 알아요? 외롭다. 이렇게 아래쪽 어둠 속에서 혼자 죽어 가는 게 너무 외롭다. 외로워…. 왜 나만… 왜 우리만….”

더는 감당할 수가 없어 어린아이처럼 몸을 웅크리며 관로에 쭈그려 앉아 눈을 꼭 감은 채로 헬멧 안으로 양손을 집어넣고 귀를 틀어막았습니다. 언제라도 나를 둘러싼 수많은 형상이 내 눈을 억지로 벌리고 자기들의 모습을 내 시야에 들이밀 것만 같았습니다.

허리 아래로 흘러가는 물줄기 속에서 무수히 많은 손길이 나를 잡아채 이보다 더 아래쪽으로 끌어내릴 것만 같았습니다. 시간이 어떻게 흘러가는 것인지, 시간이 흘러가고는 있는 것인지 알 수가 없었습니다. 영원 속 멈추어진 한순간에 갇혀 버린 것만 같았습니다.

옆에서 같이 구조를 기다리고 있을 팀장님의 존재도 느껴지지 않았습니다. 나도 이대로 아래쪽 어둠 속에서 혼자 죽어 가겠구나, 하는 생각이 치밀어 올라 눈물이 날 것만 같았습니다.

누군가, 무언가가 바로 내 등 뒤에 서 있다는 감각이 온몸을 옥죄어 왔습니다. 정체 모를 손길이 내 어깨를 강하게 붙잡았습니다. 눈을 떠 확인할 용기도 저항할 용기도 샘솟지 않아서 그저 손길에 내 몸을 내맡겼습니다.

나를 구조한 사람들은 박 주사가 부른 소방대원들이었습니다. 팀장님은 내가 발견된 곳 바로 옆에서 물에 빠진 채 발견되었습니다. 물에 빠져서가 아니라 심장마비로 돌아가시는 그 순간까지도 휩쓸려 떠내려가기 싫으셨던 것인지 내 발목을 꼭 붙잡은 채로요.

그 뒤에 겪은 일들은 모두 잠에서 깨기 직전 꿈속에서 겪은 것처럼 모호하고 몽롱하기만 합니다. 사고를 당한 쪽이 '비정규직'인 내가 아니어서일까요? 아니면 자기들이 하고 싶은 말이 없어서일까요? 언론은 팀장님의 죽음에 별다른 관심이 없어 보였습니다.

그 뒤에 파견 업체는 내게 보수를 조금 더 올려서 계약을 갱신하자고 제안했습니다. 더는 아래쪽으로 내려가고 싶은 마음은 들지 않아 거절했고요. 썩 나쁘지 않은 조건의 일자리인지라 또 다른 누군가를 구하는 게 그리 어렵지는 않았을 것 같습니다.

그 뒤로는 조건이 너무 괜찮아 보이는 일자리는 일부러 피하고

아래쪽

있습니다. 더는 밤에 일하고 싶은 마음은 들지 않아 되도록 낮에 근무하는 일자리만 알아보고 있고요.

이전과 달리 침대에 누워 환한 불빛 아래에서 밤을 보낼 수 있다는 건 좋지만 문제는 내가 견뎌 내야 할 어둠의 시간이 너무 길다는 것입니다.

밤이 되면 내 방의 침대 아래, 아니 그보다 더 훨씬 아래쪽에서 알 수 없는 것들이 알 수 없는 이유로 걷고 기며 움직이는 소리가 들려옵니다. 더 견디기 힘든 것은 어둠이 내리깔린 곳에 희미한 형상이 비칠 때마다 얼핏얼핏 보이는 죽은 팀장님의 모습입니다.

떠내려가기 싫어 물속에서 내 발목을 꼭 붙잡고 있느라 퉁퉁 불은 손을 내게 흔들며 무언가 할 말이 있는 듯 기이하게 길게 찢어진 입매를 달싹거리는 팀장님의 모습을 나는 애써 외면하곤 합니다.

어쩌면 언젠가 내게 던졌던 질문의 답을 내게서 구하고자 하는 걸지도 모른다는 생각이 듭니다.

"왜 어둠 속에서 보이는 형상들은 다 사람 같아 보이는 걸까?"라고 물어봤었던가요? 글쎄…. 나도 잘 모르겠습니다.

복층 집

김병수

복덕방으로 향하는 두 사람의 얼굴이 극과 극이다. 스물다섯 사회 초년생 홍혜화는 서울 거리의 풍경만으로도 설레어하고, 아버지의 표정은 어딘가 못마땅하다.

"얌마. 그냥 집에서 출퇴근하면 되지 꼭 독립해야겠어?"

"아이, 직주근접 몰라? 도로 위에서 매일 왕복 세 시간씩 쓰는 게 얼마나 아까워! 그 시간에 자기 계발 해야지."

"자기 계발은 무슨, 어휴! 이 철딱서니 없는 것이 혼자서 어찌 살려고."

"아 왜~"

홍혜화는 아빠의 팔을 양손으로 붙잡고 흔들면서 애교 아닌 애교를 떨었다. 절레절레 고개를 흔든 아버지가 먼저 부동산 문을 열고 들어섰다. 책상을 앞에 두고 앉아 있던 중개업자가 얼른 일어나며 인사했다.

"아이구, 어서 오세요."

마른 체형의 말상 중개업자는 책상 앞으로 나왔고, 혜화

아버지가 인사를 받아 말했다.

"예, 안녕하십니까. 집을 좀 보러 왔는데 말입니다."

"네 네. 이쪽으로 앉으실까요."

부녀에게 소파를 권한 중개업자는 잠시 뒤, 종이컵에 담긴 차와 커피를 내오며 맞은편에 앉았다.

"어떤 방을 보러 오셨을까요?"

"얘가 살 방을 구하러 왔는데 말입니다. 이 근방에 1억 전세가 좀 있습니까?"

"아유~ 요즘 집값 아시잖습니까? 이 근방에서 1억으로는 좀 힘들죠. 있긴 있는데, 우리 때나 살았지 요즘 젊은 사람들은 못 사는 집만 있습니다."

50대쯤 되어 보이는 중개업자는 홍혜화를 살피며 말했다.

"대학생이신가?"

"아뇨. 직장인이에요."

"아이구 동안이시네. 아무튼, 깨끗한 집에서 살고 싶으시죠?"

"네."

당연하다는 듯 고개를 끄덕이는 홍혜화의 모습에 아버지는 한숨을 내쉬며 말했다.

"그럼 반전세라도 좀 있습니까? 세를 얘가 벌어서 낼 거라, 좀 싸게 나온 데로 말입니다."

"매물이 좀 있습니다. 어떤 집이면 좋을까요?"

"지하랑 옥탑방은 안 되고, 원룸 말고 방이 따로 하나는 있었으면 합니다."

아버지의 말이 끝나기도 전에 홍혜화가 불쑥 끼어들었다.

복층 집

"복층요! 복층 공간도 꼭 있었으면 좋겠어요."

"아 복층? 하하."

중개업자는 홍혜화를 향해 웃으며 손뼉을 '짝!' 쳤다.

"딱 맞는 집이 하나 있습니다. 운 좋으시네~"

"얼마입니까?"

"시세보다 엄청나게 쌉니다. 8000에 35. 이 집이 사실 구축이라 시세가 엄청 싸게 나왔는데, 완전히 올 리모델링한 집입니다. 방 하나에 거실 하나, 복층이고요. 그리고 테라스 공간도 있습니다."

"테라스요?"

홍혜화의 눈이 빛났다. 중개업자는 고개를 끄덕이며 말했다.

"한번 보러 가시겠습니까? 지금 비어 있어서 바로 볼 수 있습니다. 그리고 위치가 너무 좋은 게, 걸어서 갈 수 있습니다. 여기 역 앞에서 걸어갈 수 있다는 게 얼마나 좋은 위치인지 아시겠죠! 얼마 안 멉니다."

홍혜화는 아버지에게 눈빛을 보냈고, 아버지가 중개업자에게 보러 가겠다고 말했다. 세 사람은 부동산을 나와 도로 안쪽 골목으로 걷기 시작했다. 아주 약간의 오르막이 느껴질 때, 중개업자가 말했다.

"조금 오르막이긴 한데, 그래서 집 안에 있으면 뷰가 참 좋습니다. 근처에 높은 건물이 없어서, 북한산이 그대로 보입니다."

홍혜화의 표정은 기대로 가득했다. 그러나 얼마 뒤, 중개업자가 어느 집을 가리킨 순간 그녀의 표정이 무너졌다.

"이 집입니다."

"여기요?"

겉으로 보기에 너무 오래된 건물이었고, 크기도 작았다. 그 표정을 살핀 중개업자가 말했다.

"겉만 이렇습니다. 안에 들어가면 정말 다릅니다. 반전이 있는 집입니다, 반전!"

중개업자가 건물을 향해 가며 앞장서자, 홍혜화는 조금 찜찜한 얼굴로 그 뒤를 따랐다. 내부의 계단을 오르며 중개업자는 계속 말했다.

"3층짜리 건물이고 보실 집은 3층에 있습니다. 엘리베이터가 없긴 한데, 아직 젊으시니까. 그리고 꼭대기라 층간 소음에서 얼마나 자유로운지 모릅니다. 또 3층에 한 집만 있는 구조예요. 이런 구조 아는 사람은 무조건 이런 데만 찾습니다."

2층에서 멈춰 선 중개업자는 계단 앞 집의 벨을 눌렀다. 부녀가 바라보자, 그제야 그는 말했다.

"아! 2층에 집주인분이 사십니다."

"집주인요?"

"네. 집주인이 실거주한다니 이 집이 얼마나 좋으면 그러겠습니까? 하하하."

그 순간, '끼이이익' 하며 2층 집 문이 열렸다. 그 낡은 쇳소리는 홍혜화의 신경을 건드렸는데, 그곳에서 나온 집주인의 첫인상도 마찬가지였다. 집주인은 허름한 내복 차림의 50대 대머리 사내였다. 중개업자가 얼른 말했다.

"지금 집 좀 봐도 되겠습니까?"

"아 예. 그럽시다. 도어 록 비밀번호는 0000입니다."

중개업자는 얼른 부녀를 돌아보며 말했다.

복층 집

"아! 이 집에는 또 도어 록이 설치되어 있습니다. 최신식이죠."

장점을 어필하는 발언에도, 홍혜화의 표정은 좋지 못했다. 그녀의 시선은 집주인의 뒤쪽 너머에 고정되어 있었다. 누가 봐도 오래되고 구질구질한 구축의 풍경이 아닌가? 3층에 대한 기대감이 팍 식어 버렸다.

집주인이 옷 좀 갈아입겠다며 문을 닫았고, 세 사람은 3층으로 올라갔다. 3층 현관문을 본 홍혜화의 표정은 아까보다는 조금 나아졌다. 도어 록이 달린 깔끔하고 튼튼해 보이는 새 문이었다. 중개업자는 도어 록 비밀번호를 누르고, 활짝 문을 열면서 물러섰다. 안의 풍경이 펼쳐지자, 홍혜화는 자기도 모르게 "와아!" 하고 감탄사를 내뱉었다. 현관 너머로 보이는 깔끔한 거실의 거대한 통창으로 햇빛이 쏟아지는 게 아닌가? 중개업자는 자신 있게 두 사람을 안으로 안내했다.

"제가 올 리모델링이라고 하지 않았습니까? 진짜 컨디션 좋은 집입니다."

그의 말대로, 몇 발자국 만에 홍혜화의 얼굴에는 웃음꽃이 피었다. 새하얀 방의 모던한 인테리어가 너무나도 제 취향이었다. 원래 절대 좋아하는 티를 내지 말자고 아버지와 약속했지만, 아버지마저도 감탄할 깔끔한 집이었다. 신이 난 중개업자는 방 안 곳곳을 가리키며 설명했다.

"완전 풀 옵션입니다, 풀 옵션. 평수가 좀 좁긴 하지만 층고가 높아서 전혀 그렇게 안 느껴지죠? 주방도 혼자 쓰기에는 충분히 넓고, 수압도 좋습니다. 화장실도 아주 깔끔합니다."

중개업자의 집 소개가 이어질수록 홍혜화는 마음을 굳혀 갔다.

무조건 이 집으로 해야겠다고 말이다. 특히 그녀의 로망이었던 복층 공간에 크게 만족했다. 만족의 정점은, 복층에서 유리 창문을 통해 나갈 수 있는 테라스 공간이었다. 그리 크진 않았지만, 테이블을 둘 정도는 되는 크기의 공간이었다. 중개업자도 이 집의 하이라이트라며 설명했다.

"북한산이 보입니다. 멋지지 않습니까? 계단식 테라스지만, 탑층이라 프라이빗하게 사용할 수 있습니다. 위층에 집이 있었으면 이 집을 내려다봤을 텐데, 탑층이니까 그럴 일 없고 정말 좋죠. 친구분들 불러서 여기서 파티하셔도 됩니다. 바로 아래층이 집주인 집인데, 테라스를 창고로만 써서 나오지도 않으십니다."

"정말 멋지네요."

홍혜화는 너무나도 만족했고, 그녀의 아버지도 더 볼 게 없다고 생각했다. 하지만 아버지는 표정을 잘 관리했다.

"다 좋은데, 방세가 좀….."

"아니, 시세보다 훨씬 싼 거라니까요? 이런 시세가 없습니다. 구축이라서 이렇게 나오지."

중개업자가 열심히 설명하려는 찰나, 옷을 바꿔 입은 집주인이 나타났다. 집주인은 홍혜화에게 물었다.

"대학생입니까?"

"아뇨. 직장인이에요."

"사회 초년생이구먼. 동물 안 기르고 담배 안 피우고요?"

"네!"

"여자분이 그래도 집을 깨끗하게 쓰니까… 내 5만 원까지는 빼 드리지요."

복층 집

중개업자가 얼른 말을 받았다.

"아! 그럼 8000에 30! 이거 정말 싼 겁니다! 아버님 진짜 이건 무조건 안 잡으면 후회합니다!"

"으음."

아버지는 기대하는 홍혜화의 표정을 힐끔거렸다가 고개를 끄덕였다.

"그렇게 합시다. 계약하죠."

"아빠! 고마워!"

홍혜화는 펄쩍 뛰면서 아버지에게 매달렸다. 그녀의 머릿속에는 이 집을 꾸밀 수많은 인테리어 아이디어들이 벌써 떠돌아다녔다.

*

복층 집 독립생활 일주일 차. 드디어 홍혜화는 친구들을 초대해도 될 만큼 인테리어가 완성되었다고 판단했다. 그녀는 친구 장진주와 송서선을 집으로 초대했다. 주말 점심쯤 역 앞에서 만난 세 사람은 홍혜화의 집까지 걸어갔는데, 도착하여 건물을 보자마자 송서선의 표정이 썩었다.

"뭐야? 여기야?"

홍혜화는 일부러 우울한 표정을 지었다.

"응. 서울 집값이 너무 비싸서….'

"으휴. 이런 집에서 살 바에는 그냥 두 시간 출퇴근을 하겠다."

송서선 특유의 틱틱대는 말투가 평소라면 홍혜화를 발끈하게 했겠지만, 오늘은 달랐다. 홍혜화는 반전을 위해서 일부러 그 말에 동의했다.

"그럴 걸 그랬네."

홍혜화는 건물 안으로 들어가며 앞장섰다. 뒤를 따른 장진주가 몇 층이냐고 묻자, 홍혜화는 3층이라고 답했고, 송서선은 엘리베이터도 없다며 투덜거렸다. 이윽고 세 사람이 2층에 도착하려 할 때, 주인집 문이 '끼이익!' 소리를 내며 급하게 열렸다. 러닝 차림의 집주인과 셋의 눈이 마주쳤다. 홍혜화는 곧장 고개를 숙였다.

"아… 안녕하세요?"

"어어, 그래요."

집주인의 시선이 세 사람의 몸을 위아래로 훑었다. 곧 그는 빠르게 계단을 내려갔다.

"좀 급한 일이 있어서!"

"아 네."

집주인이 세 사람을 스쳐 계단을 내려가는 동안, 셋의 몸은 좁은 계단의 한쪽으로 바짝 붙었다. 집주인이 사라지고 다시 계단을 오를 때, 송서선이 중얼거렸다.

"저 아저씨 뭐야. 변태같이 생겼어."

"야 들려! 집주인이야."

홍혜화가 급히 쉿 하며 걸음을 재촉했다. 드디어 3층에 섰을 때, 장진주가 문을 가리키며 말했다.

"오. 그래도 문은 좋다?"

바로 '삐 삐 삐 삐' 비밀번호를 친 홍혜화는 문을 열기 전,

복층 집

친구들을 돌아보며 말했다.

"자, 오늘 집 소개는 〈구해 줘 홈즈〉 코디 콘셉트로 갑니다."

"아 그래요? 어떤 매물인가요?"

장진주가 웃으며 받아 주자, 홍혜화가 방송 멘트 톤으로 말했다.

"겉과 속이 완전히 다른 반전 매물입니다. 어떤 모습일지, 홍팀 매물 보시죠!"

홍혜화가 문을 연 순간, 장진주의 입과 눈이 커졌다.

"우와아아아! 뭐야 이거?"

홍혜화는 환하게 웃으며 먼저 신발을 벗고 올라섰다. 그녀는 친구들이 신발을 벗고 안으로 들어서려 할 때 막아서며 말했다.

"잠깐! 위쪽 보지 마시고 천천히 걸어 주세요! 천천히! 자!"

"아 뭔데~"

뒷걸음질로 천천히 친구들을 인도한 홍혜화는 "짜잔!" 하며 거실의 높은 층고를 공개했다. "대박!"이라고 외친 장진주는 그야말로 홍혜화가 바라던 리액션을 충실히 해 주었다.

"와, 진짜 어떻게 이래? 너무 예뻐! 와! 복층이야! 대박!"

친구들의 눈이 바쁘게 집 안을 휘저었고, 홍혜화는 부동산 중개업자에 빙의한 듯 집을 소개했다.

"천장에 시스템 에어컨 옵션! 인덕션 옵션! TV 옵션! 세탁기 옵션! 냉장고 옵션! 자~ 그리고 보시면 이쪽 방은 드레스룸으로 사용되는데요, 붙박이장 옵션!"

"쇠·."

"화장실도 깔~끔하고요, 자 여기 계단이 있죠? 복층 공간 나옵니다~"

홍혜화가 두 친구를 데려간 복층 공간에는 매트리스만 둔 침대와 아기자기한 인테리어 소품들이 놓여 있어, 드라마에서 보던 여주인공 방의 느낌이 났다. 마지막 하이라이트는 복층 옆문을 통해 나간 테라스였는데, 인공 잔디가 깔린 바닥에 캠핑 의자 셋과 테이블, 빈티지 조명과 소품으로 감성 돋는 공간이 연출되어 있었다.

"어때? 죽이지? 뷰가 끝내줘. 저기 북한산도 보여."

집 곳곳을 자랑스러워하는 홍혜화의 말을 두 친구는 인정할 수밖에 없었다.

"밥 먹고 나중에 여기서 와인 파티 하자."

셋은 다시 거실로 내려갔고, 장진주는 연신 "너무 좋다."만 반복했다. 한데, 송서선은 팔짱을 낀 채로 집 안을 두리번거리기만 했다. 그 모습에 홍혜화가 대놓고 콕 집어 물었다.

"어때? 반전이지? 좋지?"

"좋네. 다 좋긴 좋은데,"

고개를 끄덕이던 송서선의 손가락이 천장 에어컨으로 향했다. 곧, 특유의 틱틱대는 말투가 시작됐다.

"에어컨이 복층 쪽에만 달려 있네. 복층이 원래 냉난방 엄청 안 되는 거 알지? 찬 공기는 다 바닥으로 가라앉아서 여름 되면 복층엔 에어컨을 계속 틀어 놔야 해."

"뭐? 아니야. 여기 지대가 높아서 창문만 열어 놔도 시원해."

"아직 여름이 안 와서 모르지. 거실도 이렇게 통창 있으면 여름에 엄청 더워."

거실 쪽 통창을 가리키던 송서선의 손가락이 이번엔 현관으로 향했다.

복층 집

"중문도 없네. 현관에 중문이 있어야 냉난방이 잘 되는데. 그리고,"

송서선은 현관 바로 옆에서 이어지는 계단 아래 벽을 향했다.

"저기를 뭐라고 부르는지 알아? 데드 스페이스라고 불러. 죽은 공간. 저 계단 아래에 수납공간이라도 만들었으면 청소기도 넣고 참 좋을 텐데, 아쉽다."

계속된 지적질에 홍혜화의 눈살이 찌푸려졌다.

"야 됐어! 이 정도면 엄청 좋구만!"

"좋아~ 누가 안 좋대? 좀 아쉽다는 거지."

홍혜화의 얼굴이 더 찌푸려지기 전에 장진주가 끼어들었다.

"맞어, 너무 좋아. 〈구해 줘 홈즈〉에 나온 집 같았어, 진짜! 이제 이 좋은 집 주방도 좀 써 보자. 배고프다."

주방으로 이동한 홍혜화와 친구들은 금세 또 깔깔거리기 시작했다. 파스타를 만들어 먹으며 수다로 식사 시간을 보낸 셋은 어두워지기 전에 테라스로 나갔다. 의자에 앉아 와인 잔을 "짠!"하고 부딪친 셋은 탁 트인 뷰를 바라보며 감탄사를 터트렸다.

"진짜 너무 좋다, 이 공간."

"그치?"

"인테리어는 되게 잘했네."

"그치? 검색 엄청나게 했다니까!"

셋의 웃음소리가 테라스를 중심으로 퍼져 나갔다. 술기운이 돌면서 나오는 옛날이야기에 어깨를 치며 웃어 대던 장진주가 손가락으로 눈꼬리를 닦아 냈다. 그 순간, 고개를 돌린 장진주가 앞 건물을 가리키며 말했다.

"방금 저기 창문에 쳐진 커튼 좀 움직이지 않았어?"

"응?"

셋의 시야가 조금 떨어진 건물의 창문으로 향했다. 잠깐 가만히 지켜보던 홍혜화가 "아니?" 하고 고개를 저었다. 송서선은 피식 웃으며 말했다.

"누가 보는 거 아니야?"

"에이 뭘 봐! 여기보다 낮잖아. 봤으면 진작에 시끄럽다고 벌써 항의했겠지. 그리고 저기 항상 가려져 있어. 아마 다용도실인가 봐."

홍혜화는 대수롭지 않다는 듯이 말하며 다시 옛날이야기를 꺼냈고, 셋은 다시 수다 삼매경에 빠져들었다. 어느 순간, 홍혜화가 말했다.

"야야야 노을 진다!"

"오, 이건 무조건 찍어야지! 여기 사진 맛집이네!"

호들갑을 떤 장진주가 핸드폰 카메라를 켰고, 송서선도 핸드폰을 꺼냈다. 홍혜화도 인공 잔디 바닥에 내려놓았던 스마트폰을 줍기 위해 허리를 숙였다가 폈다. 순간, 홍혜화는 멈칫했다.

방금 그녀의 가장자리 시야로 무언가를 본 듯했다. 다시 시선을 내린 그녀는 눈에 힘을 주고 앞집 벽의 창문을 노려보았다. 아무런 움직임이 없었지만, 홍혜화의 미묘한 표정은 좀처럼 펴지질 않았다. 곧, 고개를 흔든 그녀는 친구들에게 말했다.

"이제 좀 추워지려고 한다. 그만 들어가자."

"왜? 야경 좋은데, 조금만 있다가 가자."

"그래. 조금 뒤에 가자."

복층 집

셋은 좀 더 테라스의 야경을 즐기다가 안으로 들어섰다. 마지막으로 테라스를 빠져나간 홍혜화는 앞집 벽의 창문을 힐끔거렸다. 분명, 눈이 마주친 것 같았는데….

*

퇴근길. 지친 상태로 건물에 들어선 홍혜화는 얼른 씻고 싶어서 계단을 빠른 걸음으로 올라갔다. 2층을 지나서 계단의 절반을 돌아 올랐을 때, 그녀는 아주 작은 소리를 포착했다.

'끼이….'

반사적으로 그녀의 고개가 2층 아래로 내밀어졌다. 주인집의 낡은 철문이 아주 작은 틈을 보이고 있었다. 움직임이 없는 문을 잠깐 바라보던 홍혜화는 '내가 지금 뭐 하지?'란 생각을 함과 동시에 다시 계단을 올라 집으로 들어갔다.

'끼이이이이이익….'

집 안에 돌아온 홍혜화는 얼른 외출복을 벗어 던지고 욕실로 향하려다가 거실에서 멈칫했다. 움직임을 멈춘 상태로 거실을 살핀 그녀는 묘한 위화감의 출처를 찾아 헤맸다. 곧, TV장으로 걸어간 그녀는 옆에 놓인 컵을 집어 들었다. 이게 원래 여기 있었던 걸까? 언제 마시고 안 치운 걸까?

이날 집을 발견했을 때를 기점으로 홍혜화는 미묘한 위화감을 느끼기 시작했다. 송서선이 톡방에서 무심코 한 그 말 때문이었다.

서선　[너 없을 때 누가 집에 들어온 거 아니야? 너희 집주인 되게
　　　변태같이 생겼던데. 현관 비밀번호 바꿨어?]

홍혜화는 무슨 말도 안 되는 소리냐고 일축했지만, 솔직히
너무 무서웠다. 집을 나와 혼자 사는 게 처음인 그녀에게는 사소한
공포도 크게 다가왔다. 퇴근하고 돌아올 때마다 괜히 집 구석구석을
관찰하게 되었고, 현관문에 종이를 끼워 놓고 출근한 적도 있었다.

그러던 어느 날, 집에 장진주를 초대한 홍혜화는 몇 가지
이야기를 꺼내며 무섭다고 엄살을 떨었다. 농담에 가까웠던
분위기는 다음 이야기에서 달라졌다.

"테라스에 내가 빨래를 널었거든. 근데 집게로 집어 놓은 속옷이
바닥에 떨어져 있는 거야. 또 저번에는 아침에 눈뜨고 보니까,
테라스로 나가는 문이 좀 덜 닫혀 있더라고. 막 열려 있는 건 아니고,
살짝 덜 닫힌 상태 말이야. 그날부터는 이제 꽉꽉 신경 써서 닫기
시작했지."

이 말을 들은 장진주의 표정이 안 좋아졌다. 갑자기 침묵하는
그녀의 모습에, 홍혜화가 "왜?"라고 물었다. 장진주는 조심스럽게
떨리는 입을 열었다.

"사실… 네가 무서워할까 봐 그날 말은 안 했는데… 우리
테라스에서 와인 마실 때 말이야. 앞집 창문에 쳐져 있던 커튼이
움직인 것 같다고 말했잖아? 사실 그때, 어떤 남자랑 눈이 마주친 것
같았거든…?"

"뭐…?"

"혹시 그 앞집 창문에서 막대기 내밀면 이 집 테라스까지 닿는
거 아닐까…?"

복층 집

홍혜화의 피부에 소름이 돋았다. 순간, 그날 가장자리 시야로 얼핏 누군가와 눈이 마주쳤던 것 같다는 기억이 스쳤다. 그녀는 발작하듯 고개를 흔들었다.

"무서운 소리 하지 마! 막대기를 왜 내밀어?"

"아니 그냥, 어디서 그런 장면을 본 것 같아서… 미안."

"으으!"

"어? 어 잠깐만…!"

순간적으로 소스라치며 장진주가 말했다.

"막대기 말고, 사다리도 닿을 수 있나? 난간이 돌로 돼 있으니까 사다리를 걸쳐서 건너오면…"

"뭐어? 아 좀!"

홍혜화는 질색했지만, 그래도 혹시나 해서 장진주와 함께 테라스로 나가 보았다. 그녀는 테라스와 앞집 창문 사이의 거리를 가늠해 보고서야 안도했다.

"멀잖아! 여기서 저기까지 사다리가 닿겠어?"

"그런가…?"

장진주는 고갤 숙여 난간 위를 살폈다. 홍혜화가 물었다.

"왜?"

"혹시 사다리 자국 같은 게 남아 있나 해서."

"뭐어?"

"없네. 내가 웹툰을 너무 많이 봤나 봐. 이상한 망상을 계속 하네."

"으유, 너 때문에 괜히 나만 무서워지잖아."

"미안해."

웃으며 사과한 장진주는 문득, 테라스 너머 아래를 내려다보았다.

"어 근데, 저기가 주인집이라고 했지?"

"응?"

함께 고개를 내민 홍혜화도 아래를 내려다보았다. 그곳에는 자전거와 장독대 같은 짐이 한가득 쌓여 있었다.

"어어 맞아. 창고로 사용해서 거의 안 나온다고 했어."

"그래?"

장진주는 장난기 어린 얼굴로 농담했다.

"혹시 앞집에서 수평으로 뻗은 게 아니라, 아래에서 위로 올라온 거 아니야? 사다리 놓고, 흐흐."

"야이! 그만 좀 해!"

홍혜화는 장진주를 손으로 치고는 내려가자며 복층으로 들어갔다. 뒤따르던 장진주가 유리 창문을 닫으면서 말했다.

"그래도 확실히 문단속해야겠다. 여기 꼭 잠가."

"그래야지. 너 때문에 더 무서워져서라도 꼭 그렇게 해야겠다."

몇 시간 뒤, 홍혜화는 역까지 장진주를 배웅했다. 돌아오는 길에 편의점에서 간단한 먹거리를 사고 나오는데, 낯익은 사람의 모습을 발견했다. 부동산 문을 닫고 퇴근하는 중개업자였다. 부동산 쪽 길로 가야 하는 홍혜화는 아는 체라도 해야 하는가 잠깐 고민했지만, 중개업자가 자신을 못 본 상태라 굳이 그러지 않기로 했다. 그냥 잠깐 걸음 속도를 조금 줄여 자연스럽게 서로 마주치지 않도록 하려 했다. 한데, 앞서 걷던 중개업자가 퇴근하는 방향이 홍혜화가 걷는 방향과 같았고, 홍혜화는 중개업자의 뒤에서 걷게 되었다.

복층 집

홍혜화는 핸드폰을 꺼낸 뒤 고개를 숙였다. 서로를 보지만 않으면 어색한 인사 이벤트는 벌어지지 않으리라고 생각했다. 핸드폰에 집중하며 중개업자를 별로 신경 쓰지 않았던 홍혜화는 문득, 중개업자와 꽤 오랜 시간 같은 길을 걷는단 사실을 깨달았다. 어느새 이 희한한 동행은 그녀의 집까지 이어졌다. 이윽고, 홍혜화의 눈이 커졌다. 중개업자가 앞집으로 들어가는 게 아닌가? 테라스 정면에서 보이는 창문이 달린 집으로 말이다.

"저기 살아…?"

그녀는 왠지 모르게 싸한 기분으로 본인 집 건물에 들어섰다. 3층 계단을 오르며 그런 기분이 든 이유를 곰곰이 생각해 본 그녀는 의심스러운 지점을 찾아냈다.

'그날 왜 자기가 저기 산다는 말을 안 했을까? 집 보여 줄 때 그렇게 말이 많던 사람이?'

계단에 멈춰 선 그녀의 눈이 심각해졌다. 아무것도 아니라고 생각하면 아무것도 아닌 일이지만, 이상하게 생각하려면 얼마든지 이상한 일이다.

생각에 잠긴 채로 홍혜화는 다시 계단을 올랐다. 그러다 3층을 앞두고 그녀는 또 한 번 멈춰 섰다. 3층에서 집주인이 내려오고 있었다.

"어…?"

놀란 그녀를 본 집주인은 빠르게 말했다.

"어어, 어니 있다 오나 보네. 혹시 화장실 수도에서 시끄러운 소리가 나는지 좀 물어보려고."

"네? 아… 아니요?"

"어어 그래요. 알겠어요. 그럼 쉬어요."

집주인은 홍혜화를 지나쳐 계단 아래로 내려갔다. 홍혜화는 또다시 찝찝함에 휩싸였다. 이 상황도 이상하게 생각하려면 얼마든지 이상하게 생각할 수 있는 상황이 아닌가? 왜 전화를 놔두고, 왜 그렇게 변명 같은 이상한 욕실 소리 얘기를, 왜?

홍혜화는 굳은 얼굴로 집에 들어섰고, 혹시 몰라 또 현관 비밀번호를 변경했다. 편의점에서 사 온 먹거리를 냉장고에 정리한 홍혜화는 거실을 돌아보며 잠깐 서 있었다. 그렇게나 모던하고 예뻤던 이 복층 집이 오늘따라 유독 무섭게 느껴졌다. 그녀는 빠르게 움직여 거실 통창의 커튼을 치고, 창문을 모두 단속하고, 테라스 문까지 단단히 잠근 걸 확인한 다음 이불 속으로 파고들었다. 독립할 때 지겹도록 들었던 아버지의 말이 떠올랐다.

"여자 혼자 살기가 얼마나 무서운 세상인지 알아, 이 녀석아? 서울 독립생활이 네 로망 같지만은 않을 거다."

홍혜화는 멍하니 복층 난간 너머를 바라보았다. 그녀의 로망이었던 복층 공간이 참 쓸데없이 넓어 보였다.

*

틱 틱 틱틱.

작게 들려오는 소리에 홍혜화의 두 눈이 번쩍 뜨였다. 테라스 유리문 너머로 중개업자 사내가 웃으며 그녀를 노려보고 있었다.

"꺄아아악!"

홍혜화가 비명을 내지른 순간, 테라스에 있던 남자는 원래

복층 집

없었던 것처럼 사라졌다. 흔들리는 눈으로 테라스를 바라보며
떨고 있을 때, 이번엔 복층 아래에서 '바스락'거리는 소리가
들려왔다. 황급히 고개를 내민 홍혜화는 집주인 남자가 그녀의 옷을
뒤적거리는 모습을 보게 되었고, 기절하듯 비명을 내질렀다. 이윽고,
그녀는 식은땀을 흘리며 악몽에서 깨어났다.

"하아 하아 하아…."

홍혜화는 얼른 테라스 창문으로 기어가 혹시 누가 있는지
살펴보고, 복층 아래도 살펴보았다. 아무도 없다는 사실을 확인한
뒤에야 몸에서 힘이 빠졌다.

*

출근 준비를 모두 끝낸 뒤, 홍혜화는 핸드폰을 들었다.

'찰칵. 찰칵. 찰칵. 찰칵.'

그녀는 집 안의 모든 공간을 사진으로 찍어 놓은 후 출근했다.
스스로 생각하기에도 조금 유난인가 싶긴 했지만, 그럴 수밖에
없었다.

그날 저녁, 퇴근하고 돌아온 홍혜화는 아침에 찍어 놓은 사진과
거실 풍경을 하나하나 대조하며 혹시라도 변한 곳이 있나 꼼꼼히
살폈다. 변함이 없음에 안도했지만, 마음이 그리 개운하지는 않았다.
그녀는 친구들과의 단톡방에서 말했다.

[혜화] 혼자 사는 거 왜 이렇게 무섭냐 ㅠㅠ

[진주] 왜?

하소연하듯 간밤의 꿈 이야기를 한 홍혜화는, 자신이 싸하다고

느꼈던 앞집 중개업자 이야기를 꺼냈다.

혜화 [아니, 그 중개업자 아저씨가 앞집에 살더라니까? 테라스에서
보이는 커튼 달린 집 말이야. 근데 그걸 왜 그날은 말하지
않았냐는 거야. 보통 집 소개할 때, 여기 좋은 동네라면서 자기도
여기 산다고 말할 법하지 않아?]

진주 [세상에! 그거 진짜 이상하다.]

혜화 [으으 진짜 소름 돋아]

홍혜화와 장진주가 중개업자를 의심해 댈 때, 송서선은 다른
얘기를 꺼냈다.

서선 [나는 오히려 너희 집주인이 더 이상하던데?]

혜화 [뭐? 왜?]

서선 [아니 그렇잖아. 건물이 그렇게 낡았는데, 딱 3층만 그렇게 올
리모델링한다는 게 말이야. 보통은 자기가 직접 거주하는 곳을
우선 리모델링하지 않아? 그리고 월세도 5만 원 깎아 줬다며?
내가 알아보니까 그 동네치고 진짜 싼 거더라. 내 뇌피셜로
소설 한번 써 보자면… 혹시 일부러 여자들이 좋아할 만한
인테리어를 해 놓고 여자들만 세입자로 받으려고 한 거 아니야?]

혜화 [뭐야?]

홍혜화는 무슨 끔찍한 소리냐는 듯 빠르게 핸드폰 자판을
두드렸다.

혜화 [아니야. 원래 아들 살라고 3층만 리모델링 다 해 놓았는데,
아들이 멀리 가게 되어서 빈 거래]

서선 [멀리 어디?]

복층 집

혜화   [몰라]

서선   [그런 거짓말은 나도 할 수 있겠다]

혜화   [거짓말을 왜 해! 하여간에 웹툰을 너무 많이 봤다. 내 얘기가 뭐
　　　　호러물이라도 돼?]

서선   [그냥 그 아저씨가 너무 변태처럼 생겨서 그러지]

홍혜화는 얘기를 하면 할수록 꺼림칙해졌다. 그녀는
친구들에게 부탁했다.

혜화   [자꾸 이상한 소리 하니까 혼자 있기 무서워지잖아! 내일 좀 놀러
　　　　와. 우리 집에서 밥 먹고 영화도 보고 하자

송서선은 집과 관련한 공포 영화를 추천하며 홍혜화를 놀렸다.

다음 날, 세 친구는 거실에 모여 앉아 꼬북칩과 팝콘을 먹으며
코미디 영화를 즐겼다. 몇 시간 뒤, 셋은 저녁 요리를 위해 주방으로
모였다. 홍혜화는 냉장고를 뒤적거리다가 인상을 찌푸렸다.

"아~나, 버터 다 떨어졌네. 혜화스 볶음밥의 핵심은 버터인데.
나 얼른 버터 좀 사 올게, 딴거 먼저 하고 있어."

"사이다도 좀 사 와. 술에 섞어 먹자."

"엉."

혼자 나간 홍혜화는 편의점에서 장을 보았다. 돌아오는 길에
그녀는 집 앞에서 중개업자와 마주쳤다. 중개업자는 몹시 반가운
얼굴로 알은체했다.

"오! 안녕하세요. 집은 어때요? 살기 좋죠?"

"네? 네에…."

"하하. 제가 바로 여기 살거든요? 안 좋은 거 있으면 언제든 말만

해요.”

　　“아~ 네. 감사합니다.”

　　중개업자는 사람 좋은 웃음을 지으며 홍혜화의 손을 가리켰다.

　　“장 보고 오나 봐요? 편의점에서 좀 더 가면 나오는 할인 마트 물건이 싼데.”

　　“아 네, 친구가 집에서 기다려서 그냥 간단히 빨리 사려고요. 저도 장 볼 땐 할인 마트 가요.”

　　“아~ 그래요. 그래야죠. 하하.”

　　웃으며 고개를 끄덕인 중개업자는 본인의 집으로 들어가며 인사했다.

　　“그럼 친구들과 좋은 저녁 보내세요~”

　　“네, 감사합니다.”

　　웃으며 인사한 홍혜화의 표정은 건물로 들어가는 순간 굳었고, 그녀는 아주 빠른 걸음으로 계단을 올랐다. 그녀의 머릿속은 또다시 싸한 생각을 떠올리고 있었다.

　　'나는 그냥 친구라고만 했는데 어떻게 알고 친구'들'이라고 했을까?'

　　홍혜화는 집에 들어가자마자 친구들에게 방금 겪은 일을 이야기했다. 두 친구의 반응이 갈렸다. 장진주는 어디서 우리를 보고 있는 것 아니냐며 질색했고, 송서선은 대수롭지 않다는 투였다.

　　“뭘 그런 것 가지고 그래. 그 정도야 아무 생각 없이 말할 수 있지 뭘. 아니면 아까 우리 셋이 들어올 때 봤을 수도 있고.”

　　“아니야. 그 아저씨 진짜 이상하다니까! 의심스러워.”

　　“뭐가 의심스러워. 그 아저씨가 진짜 테라스에 사다리 놓고

복층 집

건너오기라도 한다는 거야? 3층 높이에서? 그게 말이 돼?"

"혹시 모르잖아."

"뭘 혹시 몰라! 야 됐어. 그런 것보다, 혜화야."

화제를 전환한 송서선은 화장실 문을 가리키며 홍혜화에게
물었다.

"여기 집주인이 원래 아들 살게 하려고 올 리모델링했다고
했지?"

"어. 왜?"

"근데 왜 욕실 타일이 핑크야?"

"어?"

"아들이 살 건데 왜 타일을 핑크색으로 깔았냐고."

한 번도 생각해 보지 못했던 점을 지적받은 홍혜화는 놀랐다.
송서선은 찌푸린 눈매로 경고했다.

"그냥 핑크 쓸 수도 있는 거지만… 찜찜하지 않아? 그 집주인 내
몸 훑어볼 때부터 변태 같았어. 조심해라 너."

"아, 진짜 뭐야아…."

울상이 된 홍혜화는 한탄했다.

"내가 왜 뭘 조심해야 하는데? 여자 혼자 살기가 원래 이렇게
힘들어?"

"어휴. 더럽지만 현실이 그렇다."

"진짜 거지 같아…."

홍혜화는 눈물이 날 것 같았다. 중개업자도 집주인도 짜증 났다.
자신이 뭐 때문에 이렇게 과민 반응해야 하는지 너무 억울했다.
그녀가 상상했던 서울 독립생활은 이런 게 아니었는데 말이다.

늦은 밤, 친구들이 모두 빠져나간 복층 집에 혼자 남은 홍혜화는 한기를 느꼈다. 모든 닫힌 문 안에서 당장 누군가 뛰쳐나올 것 같았고, 모든 유리창 너머로 누군가 자신을 훔쳐보고 있을 것만 같았다.

이불 속으로 파고든 그녀는 친구들과 얘기했던 앞집 중개업자와 아래층 집주인 얘기를 곱씹으며 두려움에 싸인 채로 잠이 들었다.

*

홍혜화는 현관에 아버지 신발과 야구방망이를 가져다 놓았다. 호신용 스프레이를 구매했고, 창문에 필름도 붙였다. 문에 다는 경보기나 감시 카메라를 검색하며 설치를 고민하기도 했다. 매일 아침 출근할 때마다 집 안 곳곳의 사진을 찍었고, 퇴근하면 하나하나 대조해서 검사했다. 그래도 불안함이 가시질 않아, 가능할 때마다 친구들을 집으로 초대했다. 이날도 홍혜화는 근무 중에 충동적으로 톡을 날렸다.

혜화   [오늘 우리 집에서 자고 갈래? 내일 토요일이니까. 오랜만에 밤새고 술도 마시고 놀고.]

서선   [오랜만에 술 좀 달릴까? 난 좋다.]

진주   [오 파자마 파티 하는 거야? 좋아. 근데 난 일이 좀 늦게 끝날 것 같아서 10시 넘어야 도착할 거야. 저녁은 너희 둘이 먹어.]

혜화   [그래? 그럼 서선이랑 나랑 저녁은 밖에서 먹고 들어가자.]

서선   [오케이]

복층 집

퇴근길, 홍혜화는 송서선과 만나 저녁을 간단하게 때웠다. 이후 카페에서 커피를 마시다가 9시쯤에야 집에 도착했다. 둘이서 집 현관 안으로 들어섰을 때, 갑자기 홍혜화가 핸드폰을 꺼내며 송서선에게 말했다.

"아 잠깐만. 물건 만지지 말아 봐."

"왜?"

홍혜화는 아침에 찍어 놓은 집 안 사진을 보며 달라진 게 있나 하나씩 대조했다. 송서선은 그 모습을 어이없다는 듯 바라보았다.

"너 지금 네가 출근한 사이에 누가 이 집에 들어와서 변태 짓거리 했을까 봐 그러는 거야?"

"응. 저번에 내가 놨는지 기억 안 나는 컵이 TV 옆에 있었단 말이야."

"아주 단단히 신경성이구나."

"컵은 네가 다 줘 놓고~"

"야, 됐어. 컵 같은 건 네가 먹고 나중에 치우려고 거기 뒀겠지. 너 원래 미루는 게 습관이잖아. 지금도 싱크대에 설거짓거리가 한가득 쌓여 있구만."

송서선의 말에도 홍혜화는 계속 사진과 집 안 풍경을 대조했다.

송서선은 혀를 찼고, 홍혜화는 다 확인했다며 웃었다. 둘은 편한 옷으로 갈아입고 거실에서 TV를 시청하며 장진주를 기다렸다. 11시쯤, 현관 벨이 울리고 장진주의 목소리가 들렸다.

"나 왔어."

"어~"

달려가 현관문을 연 홍혜화는 왜 이렇게 늦었냐며 웃는 얼굴로 장진주를 맞이했다. 한데, 장진주는 웃지 않았다.

"혜화야, 너 어제 짜장면 시켜 먹었어?"

"응? 아아~ 응."

현관문 옆에 내놓은 그릇을 보며 홍혜화가 고개를 끄덕였다.

"어제저녁에 시켜 먹었지. 그릇 안 가져갔나 보네. 왜?"

"너 혹시 그릇 내놓을 때 씻어서 내놓니? 아니, 그릇 말고…."

"응? 무슨 말이야? 안 씻는데?"

홍혜화는 짜장면 그릇을 바라보았는데, 더러운 상태 그대로였다. 장진주는 심각한 얼굴로 현관 밖에 계속 서 있었고, 송서선이 왜 안 들어오냐며 현관으로 다가왔다. 장진주는 두 친구에게 손에 든 나무젓가락을 보여 주었다.

"너 나무젓가락만 이렇게 씻어 내놓은 거야? 아니면 너 원래 이렇게 먹니…?"

"뭐?"

무슨 말인가 싶어 젓가락을 바라보던 홍혜화의 눈이 커졌다. 짜장이 묻어 있어야 할 나무젓가락 끝이 마치 설거지라도 한 것처럼 너무 깨끗한 게 아닌가? 그녀가 이 상황의 의미를 이해하려고 불안한 생각을 굴릴 때, 장진주가 떨리는 목소리로 말했다.

"우리 집 개가 짜장면 젓가락 빨아먹으면 항상 딱 이렇거든! 근데 너희 집 앞에 있는 젓가락을 보니까 이런 상태인 거야…. 너한테 젓가락에 묻은 것까지 깨끗이 먹는 식습관이 없고 씻어서 낸 것도 아니면… 짜장은 누가 빨아먹은 거니?"

홍혜화는 외마디 비명을 지르며 물러났다. 섬뜩함을 느낀

복층 집

장진주가 얼른 현관 안으로 들어와 문을 잠갔고, 송서선은 떨리는 목소리로 말했다.

"뭐, 뭐야? 혜화가 밖에 내놓은 나무젓가락을 누가 빨았단 거야? 미친!"

너무 놀란 홍혜화는 순식간에 울음을 터트려 버렸다. 두 친구는 홍혜화를 거실로 데려가서 안정시키려 했지만, 홍혜화는 펑펑 울었다.

"뭐야아 진짜야? 뭐냐고."

장진주가 홍혜화를 안아 토닥였고, 송서선은 분노했다.

"2층 그 새끼 변태 같다고 했잖아, 내가! 그 새끼 아니야?"

"어휴."

두 친구는 홍혜화가 진정될 때까지 달래 주었다. 홍혜화가 울음을 그치자, 송서선이 일어나 주방 냉장고로 향하며 욕설을 내뱉었다.

"무서워서 편의점도 못 나가겠네, 아오 씨."

장진주는 홍혜화에게 희박한 가능성을 이야기했다.

"혜화 네가 다 먹고 자기도 모르는 사이에 그런 거 아닐까? 아니면 꼭 누가 뭘 빨고 한 게 아니라, 누가 그냥 잠깐 어디 하수구 쑤시는 데 썼다가 씻어서 돌려놓은 걸 수도 있지."

전혀 설득력 없는 말이었지만, 그렇게라도 생각하고 싶은 게 홍혜화의 심정이었다. 한데 그 순간,

"아!"

송서선이 벼락처럼 외쳤고, 놀란 두 사람의 고개가 급히 주방으로 돌아갔다. 싱크대를 바라보며 서 있는 송서선의 온몸이

부들부들 떨렸다. 그녀는 돌아보지 않은 채 물었다.

"혜화 너… 오늘 출근하기 전에 주방 쪽 사진 찍어 놓은 거 있어…?"

"왜, 왜?"

어마어마한 불안감에 홍혜화의 두 눈이 흔들렸다. 송서선이 떨리는 목소리로 말했다.

"혹시 설거지 사진 찍은 거 있으면 확대 좀 해 봐…. 여기 숟가락이 왜 이렇게 반들반들하니…?"

순간, 홍혜화와 장진주의 온몸에 소름이 쫙 돋았다. 숨을 삼키며 싱크대로 다가간 두 사람은 송서선이 바라보던 깨끗한 숟가락을 발견하고 창백해졌다. 홍혜화가 집을 비운 사이 누군가 들어와서 그녀가 사용했던 숟가락을 빨고 갔다? 이 충격적인 상상은 그들이 평생 겪은 그 무엇보다도 무서웠다.

떨리는 손으로 핸드폰을 꺼낸 홍혜화가 낮에 찍은 주방 사진을 확대했다. 그러나 어디에도 설거지거리는 찍혀 있지 않았다. 장진주가 애써 부정했다.

"아닐 거야. 그냥 혜화 네가 좀 깨끗하게 먹었겠지…."

"아니면,"

무언가를 말하려던 송서선은 차마 그 상상을 입 밖으로 내지 못하고 침묵했다. 셋은 무거운 얼굴로 주방에서 벗어났다. 준비했던 파자마 파티고 뭐고, 아무것도 할 수 없는 분위기였다. 홍혜화는 두 친구에게 매달렸다.

"집에 가지 마. 같이 있어 줘."

"안 가. 자고 가기로 했잖아. 괜찮아, 여기 있을게."

복층 집

우느라 지친 홍혜화를 위해서 셋은 잠자리에 들기로 했다. 불을 끄기 전에 다시 한번 철저하게 문단속을 한 셋은 불을 끄고 복층 매트리스에 꼭 붙어 누웠다. 눈을 감아도 잠들기는 쉽지 않았다. 홍혜화는 테라스로 나가는 문을 계속 바라보았다. 그녀가 가장 좋아했던 공간이 이젠 가장 무서운 곳이 되었다.

*

'콜록'

세 사람의 눈이 동시에 번쩍 뜨였다. 눈을 마주친 세 사람이 표정으로 서로에게 묻고 있었다.

'너도 방금 들었어?'

테라스 문과 가까운 곳에 누워 있던 홍혜화가 문을 노려볼 때, 장진주가 떨리는 목소리로 속삭였다.

"아래서 난 소리였어…!"

홍혜화가 두 눈을 부릅떴다. 송서선도 장진주와 같은 생각을 했다는 듯 무거운 표정을 보내더니, 천천히 복층 난간 밖으로 고개를 내밀었다. 아무도 없음을 확인한 그녀는 두 사람에게 표정으로 그 사실을 전한 다음 천천히 일어나 계단을 내려가며 부엌과 현관 통로를 확인했다. 아무도 없는 걸 확인했다는 신호에 따라 모두가 내려왔을 때, 송서선은 조용히 야구방망이를 집어 들었다. 두 사람에게도 부엌의 프라이팬을 들게 한 송서선은 화장실과 드레스룸을 가리켰다. 만약 누군가 있다면 저 두 곳이 예상 위지니까 확인해야 한다는 뜻이었다.

홍혜화는 울상으로 고개를 절레절레 흔들며 송서선의 옷을 붙잡았지만, 송서선은 화장실 문을 향해 앞장섰다. 그녀가 화장실 문고리를 잡고 여는 동안 긴장감은 극에 달했고, 안에 아무도 없다는 사실을 확인하자 막혀 있던 숨이 조금은 풀렸다. 다음으로 송서선은 거침없이 드레스룸을 향해 걸어갔고, 조심스럽게 문을 열었다. 이번에도 아무도 없었고, 홍혜화는 자기도 모르게 "하아." 하고 안도의 탄식을 내뱉었다. 한데 순간, 손가락을 입에 가져다 댄 송서선이 붙박이장을 가리켰다. "아." 홍혜화의 심장이 다시 미친 듯 뛰기 시작했고, 송서선이 천천히 붙박이장을 향해 다가갔다. 야구방망이를 치켜든 송서선은 다른 둘에게 프라이팬으로 칠 준비를 하게 했고, 붙박이장 손잡이를 한 번에 확 잡아당겼다. 동시에, 셋은 긴장을 풀었다.

"어휴."

안전을 확인한 셋은 집 안의 불을 다 켰고, 냉장고에서 물을 꺼내 마셨다. 홍혜화가 안도하며 말했다.

"동네 지나가던 사람 기침 소리였나 봐."

"정말 아래서 들린 소리 같았는데…."

장진주는 여전히 의혹을 품은 듯했지만, 송서선이 대수롭지 않다는 듯 말했다.

"복층이라 밖의 소리가 그렇게 들리나 보지. 벌써 6시다. 토요일에도 출근하는 사람 있겠지."

"그런가?"

"아무도 없는 거 다 봤잖아. 그렇겠지."

송서선은 하품을 하며 거실 소파로 가 앉았고, 다른 두 사람도

복층 집

거실에 자리 잡았다. 아무도 올라가서 더 자고 싶어 하지 않았고, 송서선이 리모컨으로 TV를 켰다. 셋이서 TV를 한동안 멍하니 바라보는데, 홍혜화가 침묵을 깨며 말했다.

"난 말이야…. 서울에서 혼자 살면 내 인생이 굉장히 행복해질 줄 알았어. 멋있게 살 줄 알았다고."

"응…."

"근데 현실은 그렇지가 않네…. 여자 혼자 산다는 게 이렇게 무서운 일인 줄 몰랐어. 아무것도 아닌 일도 노이로제 걸릴 것 같은 수준으로 하나하나 의심해야 하고… 세상 남자들 모두가 무섭고…."

두 친구는 홍혜화에게 특별히 해 줄 말이 없었다. 송서선이 겨우 이렇게 중얼거릴 뿐이었다.

"원래 그래…. 원래 다 그래."

장진주도 위로할 말을 찾지 못하고 침묵했다. 홍혜화는 먹먹한 표정으로 말했다.

"원래 그래? 너무 억울해서 눈물 날 것 같다."

홍혜화는 리모컨으로 채널을 돌리다가 예능 프로그램에서 멈추고 소리를 조금 키웠다. 그렇게 어영부영 시간을 보내던 셋은 식사를 하자는 홍혜화의 말에 간단히 아침을 차려 먹었다. 세 사람은 다시 거실에서 TV를 보았고 10시쯤, 홍혜화가 크게 하품했다. 뒤따라 송서선이 기지개를 켜며 자리에서 일어났다.

"혜화야, 피곤할 텐데 자라. 나도 집에 가 봐야겠다."

"그래."

송서선이 떠나고, 얼마 안 가 장진주도 현관 앞에서 인사했다.

"문단속 잘하고 푹 쉬어."

"응. 조심히 가."

거실로 돌아온 홍혜화는 바닥에 누워 층고 높은 천장을 멍하니 보다가 눈을 감고 잠들었다.

*

거실에서 잠에 빠져 있던 홍혜화의 곁에서 핸드폰이 울렸다. "으음." 눈을 반쯤 뜬 홍혜화가 '진주'라는 발신자를 확인하고 전화를 받았다.

[혜화야!]

"으응…."

[너 지금 집이니?]

"엉…. 왜?"

홍혜화는 상체를 일으켜 소파에 기대 앉으며 잠을 물리쳤다.

[있잖아 혜화야, 이런 이야기 해도 될지 모르겠는데…. 갑자기 든 생각인데… 새벽에 너희 집에서 들린 기침 소리 말이야….]

"응."

[전에 서선이가 말한 데드 스페이스 기억나?]

"데드 스페이스?"

[너희 집 계단 밑…. 안에 빈 공간이 있지 않을까? 사람 한 명 숨을 수 있을 만한….]

"!"

숨이 멎는 듯한 충격으로 홍혜화의 온몸에 소름이 돋아났다.

[내가 분명 기침 소리를 집 안에서 들었던 것 같은데,]

복층 집

장진주의 목소리는 더 이상 홍혜화의 귓가에 들려오지 않았다.
그녀는 초조한 눈으로 계단 아래 벽을 바라보았다. 홍혜화는 턱을
덜덜 떨며 계단으로 다가갔다. 그 벽 앞에 선 그녀의 눈동자가
빠르게 움직이며 틈을 찾았다. 떨리는 손을 들어 올린 그녀는 벽을
두드렸다.

'퉁! 퉁!' 속이 빈 소리가 들리자마자, 홍혜화는 비명을 내지르며
집 밖으로 뛰쳐나갔다. 계단을 뛰어 내려가는 그녀의 비명이 열린
현관문 너머로 점점 멀어졌다.

덜컹! 드르르르르륵…

*

"아니, 갑자기 집을 빼겠다니?"

"그렇게 좀 해 주십시오. 우리 애가 그 집이 너무 무섭다고 다신
못 들어가겠다지 뭡니까?"

"아니 도대체 뭐가 무섭다고 원! 참 나! 내가 사회 초년생이라고
방세도 깎아 줬는데 말이야."

"죄송하게 됐습니다."

"허! 아직 월셋날이 안 돌아왔어도 한 달 산 걸로 칠 거니까
마지막 월세 계산하고 가쇼!"

*

복층 집의 거실에 부동산 중개업자와 집주인, 두 남자가 앉아 있다. 중개업자는 집주인을 안심시키며 말했다.

"에헤이, 걱정하지 말고! 어차피 내가 이 집 보여 주는 상대는 다 어린 여자애들밖에 없다니까? 금방 또 데려올 테니까, 복층 집 인테리어나 예쁘게 잘 꾸며 놔! ㅎㅎㅎㅎ."

두 남자의 음흉한 웃음소리가 복층 집 안에 메아리쳤다.

복층 집

분실

허정

'드르르르르륵.'

유난히 어두운 굴다리. 동네로 들어가는 유일한 길이건만 사람도, 자동차도 보이지 않는다. 석진은 커다란 배낭을 메고 한 손에 캐리어 가방을, 다른 손엔 줄로 묶은 수 권의 책을 든 채 굴다리를 지나고 있다. 온몸이 땀에 전 상태고 양팔은 힘이 빠져 심하게 떨린다. 이사 비용을 아끼려다 오히려 골병 나는 건 아닐까. 석진은 이런 자신이 새삼 미련해 보인다.

석진은 공무원 시험 준비를 하고 있다. 벌써 6년째. 조금 늦은 나이에 준비를 시작한 그는 합격 전까진 오로지 시험에 집중하겠다며 모든 인간관계를 끊었다. 하나뿐인 가족이었던 어머니는 작년 여름에 돌아가셨다. 석진은 자신의 현재 모습을 들키기 싫어 장례식 때도 지인들에게 연락하지 않았다. 조문객이 거의 없는 장례식장에 앉아 있는 동안 석진은 초라한 이 풍경을 어머니가 보지 않아 다행이라고 생각했다.

그동안 벌어 놨던 돈은 공무원 시험 준비를 하면서 거의 다 썼다. 남은 건 어머니가 생전에 모아 놓은 5000만 원. 적금에 집어넣은 이 돈은 죽어도 빼기 싫다. 5000만 원을 묶어 두기 위해선 어떻게든 생활비를 아껴야 한다. 남은 돈으로 반년은 버텨야 한다.

굴다리를 지나자 황폐한 동네가 모습을 드러낸다. 재개발은 반년 뒤에나 시작된다는데 이미 상당한 집들이 비어 있다. 몇몇 집들은 이미 철거가 진행되어서 길에는 온갖 쓰레기들이 널브러져 쌓여 있다.

'이 동네… 공사 소리로 시끄러울 거 같은데….'

오르막길을 한참 올라가자 앞으로 고시원 건물이 보인다. 먼지 가득한 간판엔 '리버 고시원'이라 적혀 있다. 원래는 하얀색이었을 간판 배경색은 누렇게 변색되었다. 입구 문손잡이는 때가 잔뜩 묻어 끈적거린다. 아직 고시원엔 들어가지도 않았건만 석진의 마음속에는 벌써부터 후회가 밀려온다.

고시원 실장이 열쇠를 돌려 방문을 열어 준다. 문을 열자마자 풍겨 오는 퀴퀴한 냄새에 인상이 찌푸려진다. 책상과 바닥엔 먼지가 수북이 쌓여 있고, 구석엔 구겨진 휴지 뭉치들이 널려 있다. 방이 생각보다 지저분해 실장도 당황한 눈치이다.

"이 방에는 창문이 없으니까 종종 방문을 열어 놓는 게 좋아요. 그래야 환기도 되고."

하나 마나 한 얘기들을 하며 뻘쭘하게 서 있던 실장은 이내 자리를 피한다. 문이 닫히자 석진은 한숨을 쉬며 방 안을 살핀다.

분실

고시원 상태를 확인하지도 않고 이사를 결정한 자신이 한심하다. 뭐, 어쩔 수 없는 선택이었다. 그만큼 가격에 있어서 이 고시원은 메리트가 있었다.

석진은 왠지 뒤통수가 간지럽다. 슬쩍 뒤를 돌아본다. 침대 쪽 벽에 큼지막한 얼룩이 하나 보인다. 거의 누워 있는 사람 크기만 한 얼룩은 침대 바로 위쪽에 가로로 길게 번져 있다.

'좁고 허름한 건 어느 정도 각오했어. 그런데 저거는 좀….'

실은 아까 처음 방문을 열었을 때부터 석진은 저 얼룩이 계속 거슬렸다. 보기 싫은데도 계속 시선이 갔다. 얼룩은 곰팡이처럼도 보이고, 불에 타 그을린 것처럼도 보이는데 고시원 실장은 물이 새서 생긴 자국이라고 우겼다.

"많이 거슬리면 입실하지 마요. 그쪽 아니어도 여기 방이 비길 기다리는 분들 많거든."

"다른 방은 없어요?"

"다른 방들도 다 비슷비슷해요. 이 가격에 바라는 것도 많소."

실장이 워낙 단호하게 나와서 석진은 이내 더 항의하길 포기한다. 당장이라도 책상이니 침대니 다 빼고 청소를 크게 한번 하고 싶지만, 저녁 시간대에 시끄럽게 움직이는 건 예의가 아닌 것 같다. 첫날부터 문제를 일으키고 싶지 않다. 석진은 하는 수 없이 눈에 보이는 쓰레기만 간단하게 치운다.

석진은 흔들렸던 마음을 다시 붙잡는다. 지금은 이것저것 따질 때가 아니다. 돈을 아껴야 한다. 공부에 집중해야 한다. 올해는 시험에 붙어야 한다.

　　석진은 간단하게 저녁을 때우고 방으로 돌아와 노트북을
꺼낸다. 오늘은 하루 종일 공부를 하지 못했다. 자기 전에 몇
시간이라도 진도를 나가야 한다. 인터넷 창을 켜고 사이트 주소를
입력한다. 학원 화장실에서 사람들 얘기를 듣다가 우연히 알게 된
불법 사이트. 거기선 비싼 가격을 내야 들을 수 있는 유명 강사들의
인강 내용이 고스란히 스트리밍되고 있었다. 유명 강사들의 수업은
확실히 내용의 질이 달랐다. 학생들이 집중할 수 있는 목소리 톤으로
중간중간 유머를 곁들이며 핵심만을 짚어 주고 있었다. 단순히
문제 풀이만 가르치는 게 아니라, 시험을 준비하는 데 있어서의
마음가짐부터 작지만 유용한 팁까지 알려 주었다. 결국은 돈이었다.
이런 양질의 수업을 듣는 사람들과 경쟁하는데 어떻게 이길 수
있겠는가.

　　수업을 듣고 있는데 자꾸만 잡음이 들린다. 석진은 이어폰을
뺀다. 노트북에서 지지징거리며 기계 작동음이 요란하게
흘러나온다. 이 사이트에 접속만 하면 이렇게 된다. 노트북이 유난히
버벅거린다. 접속할 때마다 보안 경고 창이 뜨는 것도 그렇고,
찜찜한 구석이 많지만 어쩔 수가 없다.
　　노트북 작동음만 들리는 게 아니다. 뒤로 또 다른 소리가 있다.
마치 누군가 자그마한 목소리로 속삭이고 있는 것 같다. 복도에서
나는 소리인가…. 석진은 소리가 나는 쪽을 따라 고개를 뒤로
돌린다.

분실

얼룩이 다시 눈에 밟힌다. 소리는 얼룩이 있는 벽 쪽에서 들려오고 있다. 얼룩을 보자 석진의 신경은 한 번 더 얼룩으로 향한다. 형광등 불빛 때문인지 얼룩은 아까보다 더 짙어 보인다.

'이건 뭐야…. 벽이 썩은 건가? 얼룩이 어떻게 이리 크게 날 수 있지?'

석진은 얼룩에 가까이 다가간다. 가까이서 보니 누렇고 검은 자국들이 마치 촉수를 뻗듯이 번진 형태로 서로 연결되어 있다. 아무리 봐도 곰팡이 같다. 곰팡이라면 지금도 조금씩 커지면서 벽에 번지고 있는 건지도 모른다. 너무 기분이 나쁘다.

'없애고 싶다. 진짜 없애고 싶다.'

석진은 얼룩을 지울 수만 있다면 무엇이든 해 보고 싶다. 잠시 고민하다가 가방에서 지우개를 꺼낸다. 지우개로 얼룩을 슬쩍 문질러 본다. 문지른 부분이 조금 옅어진 것도 같다. 처음엔 조심스레 몇 번 문지르더니 이내 열심히 빡빡 지워 본다. 몇 분을 그렇게 문지르다가 헉헉대며 벽을 바라본다. 당연하지만 얼룩에는 별 변화가 없다. 헛수고였다. 애초에 지우개로 지워질 것이라고 생각했던 자신이 한심해진다.

여전히 미련이 남는다. 어떻게든 지우고 싶다. 얼룩을 가만히 바라보던 석진은 손가락으로 슬쩍 만져 본다. 얼룩에서 질감이 느껴진다. 뭔가가 들러붙은 건가? 석진은 필통에서 커터 칼을 꺼낸다. 칼날로 슥슥슥슥 얼룩을 긁어 본다. 몇 번 긁다가 손에 힘을 준다. 칼을 꾹 눌러서 있는 힘껏 긁는다. 벽에 긁힌 자국이 생길까 걱정되긴 하지만 얼룩만 지워진다면 차라리 그게 낫다.

칼로 아무리 긁어 봐도 얼룩은 지워지지 않는다. 짜증이 난다.

더더욱 힘을 줘서 정신없이 긁어 대도 별 효과가 없으니 이 얼룩은 지워지지 않는 거 아닐까 하는 불안감이 생긴다. 페인트칠을 새로 하는 게 가장 확실한 방법 같은데 그러면 또 페인트 냄새가 난다고 항의가 들어올 것 같다. 고민하던 석진은 쓸데없는 짓 하지 말고 공부나 하자고 생각한다.

'… 어라?'

이상하다. 지우개가 갑자기 사라졌다. 옆에 놔둔 거 같은데 보이지 않는다. 바닥에 떨어졌나 싶어 확인해 봐도 없다. 귀신이 곡할 노릇이다. 혹시 몰라 침대를 다시 확인해 보는데 순간 핸드폰이 시끄럽게 울린다. 진동 모드로 바꿔 놓는 걸 깜박하고 있었다. 석진은 급하게 전화를 받는다.

"여보세요."

"네, 고객님. 여기 평화은행입니다."

'고객님' 소리에 보통 바로 전화를 끊어 버리는 석진이지만, 평화은행은 현재 그의 전 재산을 보관 중인 은행이다 보니 무슨 일로 전화를 한 건지 궁금해진다.

"이석진 고객님 되시죠?"

"네, 맞는데요."

"고객님, 혹시 오늘 오후에 해외 결제 하신 적 있으신가요?"

"네?"

"외국 사이트에서 고객님 카드로 상당 액수가 결제되었습니다. 최근에 해외 카드 도용 문제가 계속 생겨서요. 확인차 연락드렸습니다."

이게 무슨 청천벽력 같은 소리인가. 해외 결제라니…. 그렇지 않아도 통장 잔금이 얼마 남지 않은 상황이었다.

"아무래도 고객님 신상 정보가 어떤 경로로 노출이 된 것 같습니다."

"얼마… 얼마가 결제되었는데요?"

"액수는 고객님이 직접 확인하셔야 하고요. 고객님이 원하시면 해외 결제를 못 하도록 지금 바로 처리가 가능한데요."

"그럼 지금 해 주세요."

"알겠습니다, 고객님. 그럼 본인 확인차 고객님 주민등록번호 부탁드립니다."

"아, 네네."

당황해서 바로 주민번호를 부르려던 석진은 멈칫한다. 어디서 많이 봐 온 전개다. 석진은 시간을 확인한다. 저녁 9시에 가까워지고 있다. 은행원들은 보통 퇴근 시간을 칼 같이 지키지 않나?

"고객님… 고객님?"

석진이 대답을 망설이자 건너편 직원의 목소리가 어딘가 다급해진다. 석진은 바로 전화를 끊어 버린다. 하마터면 속을 뻔했다. 그동안 보이스 피싱 전화를 많이 받았는데, 이렇게까지 깜빡 속은 적은 없었다.

'상당히 정교해졌네…. 예전엔 서툰 구석이 많아서 알아채기 쉬웠는데.'

석진은 인터넷으로 방금 전의 통화에 대해 검색해 본다. 석진과 비슷한 전화를 받았다는 글들이 꽤 보인다. 게시글들을 훑어보니 그런 전화들 대부분이 보이스 피싱이었다고 한다. 전화를 그냥 끊어서 다행이다. 석진은 혹시나 하는 마음에 '카드 해외

도용'이라는 키워드로도 검색해 본다. 그런데 누출된 카드 정보로 해외에서 돈을 빼돌리는 경우도 꽤나 빈번한 것으로 나온다. 이런 경우 때문에 실제 은행에서 전화가 오는 사례도 있다고 한다. 보이스 피싱이 아닐 가능성도 있다는 말이다.

'뭐야 이거. 진짜 은행 직원이었나?'

석진은 조금 불안해진다. 그리고 보니 현재 자신의 컴퓨터로 불법 인강 스트리밍 사이트에 접속해 있다. 예전부터 여기 접속할 때마다 노트북 돌아가는 소리가 유난히 크게 났었다. 이 사이트를 통해 자신의 노트북이 해킹당한 거라면? 그래서 카드 정보가 실제로 누출된 거라면? 석진은 불안하지만 이 문제를 상담해 줄 사람이 주변에 아무도 없다. 인터넷으로 그냥 계속 검색만 해 볼 뿐이다. 적금이 들어 있는 계좌도 걱정이다. 석진은 내일 은행에 가서 확인해 봐야겠다고 생각한다. 비밀번호를 바꿔야 안심할 수 있을 것 같다.

싱숭생숭해진 석진은 더 이상 공부에 집중이 되지 않는다. 몇 시간 그냥 멍하니 앉아만 있다가 이내 포기하고 자기로 한다.

'탁'

석진은 불을 끈다. 방 안은 컴컴해진다. 한 치 앞도 보이지 않는 어둠이다. 고시원에 이사 와서 처음 맞는 밤. 아직 낯설어서 그런지 잠도 잘 오지 않는다. 석진은 몸을 계속 뒤치덕거린다. 고시원은 보통 방음이 잘 되지 않는다고 하던데, 여기는 이상하게 코 고는 소리 하나 들리지 않는다. 너무 조용하다. 답답하다. 보통은 '앰비언스'라고 하는, 그 공간이 가지고 있는 고유의 조그마한 소리라도 있기 마련인데 이 방에는 그마저도 없는 것처럼 느껴진다.

분실

첫날이라 많이 예민해진 걸까?

순간, 그의 뒤에서 이상한 웅얼거림이 들린다. 어떤 여자의
나지막한 속삭임이다. 여자는 굉장히 작게 속삭이고 있는 것 같은데,
워낙 방이 조용하다 보니 그러한 소리까지 뚜렷이 들려온다. 석진의
바로 뒤에서 속삭이는 것만 같은 느낌이다.

석진은 뒤를 슬쩍 돌아본다. 얼룩이 보인다. 왠지 아까보다 좀
더 커진 것 같다. 원래 이 정도 크기였나? 얼룩은 누워 있는 사람의
형체처럼 생겨서 마치 석진과 서로 마주 보고 누워 있는 것만 같다.
얼룩의 매끄러운 표면에서 물기가 느껴진다. 왠지 저기에 몸이
닿으면 저 얼룩이 내 몸으로 옮아 붙을 것만 같다. 석진은 불쾌한
기분에 다시 얼룩을 등지고 눕는다. 속삭임은 점점 커진다. 아니,
석진의 귀 쪽으로 소리가 점점 가까워지고 있다는 게 맞는 말 같다.
낮게 깔린 여자의 목소리. 누군가 간절하게 무언가를 빌고 있다.
대체 뭘 빌고 있는 거지? 석진의 신경은 한껏 예민해진다.

툭… 툭….

석진은 자신의 등 쪽으로 어떤 손길이 닿는 것 같다고 느낀다.
마치 누군가 있는 힘껏 팔을 뻗어 손가락이 닿을 듯 말 듯하게
자신의 등을 만지려 하는 것만 같다.

툭… 툭….

확실히 촉감이 느껴진다. 누군가의 손톱 끝이 느껴진다.

축축하고 끈적한 무언가가 내 등을 살짝씩 만지고 있다. 석진은 일어나서 급히 불을 켜고 주변을 살핀다. 아무도 없다. 그냥 여전히 얼룩만이 보일 뿐이다. 석진은 분명 어떤 손길을 느꼈는데 이상하다. 그의 등 쪽엔 축축한 감촉의 여운이 아직 남아 있다. 등에 얼룩이 닿았던 건가? 찝찝하다. 오늘 밤, 잠은 다 잔 것 같다.

석진은 고시원 건물을 나온다. 담배를 피우니 조금 진정이 된다. 자신이 너무 예민해졌다고 생각한다. 아까 들었던 속삭임은 옆방에서 누군가 잠꼬대하는 소리였을 것 같다. 아무래도 새로운 곳에서 자려고 하니 익숙하지 않았나 보다. 그 얼룩이 워낙 기분 나빴던 탓도 있으리라.

"1800원입니다."

한참을 헤매 간신히 찾은 편의점. 석진은 소주 한 병 하고 자려 한다. 이런 날엔 술에 취해 자는 게 제일이다. 안주도 사치다 싶어 석진은 달랑 소주 한 병만 고른다.

카운터에서 계산을 하려고 지갑을 꺼내는데 체크카드가 보이지 않는다. 석진은 오늘 지갑을 꺼낸 적도 없다. 지갑에 꽂혀 있던 체크카드가 혼자만 빠져나갈 수 있는 건가? 석진은 하는 수 없이 현금으로 계산한다. 아까 은행으로부터 받았던 전화가 다시 생각난다. 누군가 석진의 체크카드를 훔쳐서 그것으로 해외 결제를 한 건 아닐까 싶다. 괜히 불안해진다. 내일은 은행에 꼭 가 봐야겠다.

소주를 산 석진은 놀이터 그네에 앉아 술을 마신다. 아까 낮에도 느낀 거지만 이 동네에는 신기할 정도로 사람이 없다. 재개발

예정지라 사람들이 벌써 다 떠난 것일까? 철거를 시작한 건물들도 주변에 꽤 보인다. 사라지는 동네의 풍경들을 보고 있자니 석진은 기분이 싱숭생숭해진다. 왠지 어릴 적 자신이 살던 동네의 풍경과 닮았다. 석진의 머릿속에 예전 기억들이 떠오른다. 학생 시절 함께 놀던 친구들은 다들 어떻게 살고 있나 궁금해진다.

석진은 SNS를 일절 하지 않는다. 친구들의 SNS를 보고 있자면 왠지 초라해진다. 행복해 보이는 친구들에 비해서 자신은 이미 많이 뒤처진 것 같다는 불안감과 초조함만 더해진다. 오늘처럼 기분이 싱숭생숭할 때면 차라리 과거 기록들이 남아 있는 예전 사이트에 접속해 보는 게 낫다. 어릴 적 친구들과 찍은 사진들, 당시 심정이 적힌 일기들, 그 밑으로 친구들이 남긴 댓글 등으로 석진은 예전 시절을 추억하며 술을 마신다.

술에 취하자 몇몇 친구들이 너무 보고 싶다. 석진은 방으로 들어가 가방에서 다이어리를 꺼낸다. 거기엔 예전 친구들, 친척들의 전화번호를 포함해 석진의 모든 개인 정보가 적혀 있다. 핸드폰을 바꾸면서 지인들의 연락처를 다 지워 버렸기 때문에 이 다이어리가 석진의 과거 기록을 담고 있는 유일한 물품이다. 석진은 친구들의 이름을 살핀다. 초등학교에서 고등학교 때까지 절친으로 지냈던 친구, 유난히 마음이 잘 맞았던 대학교 동아리 내 사람들, 석진의 잊지 못할 첫사랑 등등. 그중 몇 명에겐 당장 연락을 해 보고 싶다. 술김에 안부라도 묻고 싶다. 석진은 번호를 입력해 보지만, 쉽사리 통화 버튼을 누르지 못한다.

이들과는 합격한 후에 연락하고 싶다. 웃으면서 만나고 싶나. 석진은 전화하고 싶은 마음을 꾹 참고 침대에 눕는다.

다음 날. 해가 뜨자마자 석진은 얼룩을 지울 준비를 한다.
고시원에 사람이 별로 없다는 점심 시간대에 맞춰 대청소를
시작한다. 침대를 빼내고 마트에서 사 온 곰팡이 제거제를 뿌려
스펀지로 열심히 문지른다. 어떻게든 지우고 싶다. 하지만 석진의
마음과는 달리 아무리 빡빡 문질러도 얼룩은 지워질 조짐이 보이지
않는다.

"학생, 그거 지우려는 거야?"

지나가던 아저씨가 석진의 방을 보고 말을 건다.

"어휴, 여기 고시원엔 왜 이리 얼룩이 많은지 몰라."

"이 방만 이런 게 아니에요?"

"말도 마. 내 방에도 큼지막한 놈이 있어서 지우느라 애썼어."

"엇, 그래서요? 결국 지우셨어요?"

아저씨도 방의 얼룩을 지우기 위해 갖은 방법을 다 썼다고
말한다.

"학생, 내가 뭐 하나 줄게. 나도 예전에 아래층 아가씨한테 받은
거야. 이거로 지우니까 잘 지워지더라고."

아저씨는 방에서 병을 하나 가져온다. 라벨도 붙어 있지 않은
플라스틱 병에 무채색 액체가 반쯤 담겨 있다. 아저씨 말로는 그
어떤 것도 잘 지울 수 있는 용액이라고 한다. 독성이 아주 강하니까
물 한 컵에 용액을 스포이드 한 방울만 집어넣어 섞으라고 말한다.

"그리고 그거 그냥 학생 가져. 나중에 다른 방 사람한테
건네주든지."

아저씨에게 몇 번이나 감사의 인사를 드리고 석진은 바로
작업에 들어간다. 용액을 조심스럽게 물과 섞어서 얼룩에 발라

본다. 이래도 지워지지 않으면 난처하겠다고 생각하며 스펀지로 슬슬 문질러 본다. 얼룩이 지워진다! 그것도 신기할 정도로 바로 지워진다. 석진은 신이 나서 힘든지도 모르고 용액을 벽에 꼼꼼하게 발라서 문지른다. 벽은 믿을 수 없을 정도로 깨끗해졌다. 기분이 좋아진다. 자신의 앞날도 이 벽처럼 깨끗해진 것만 같다. 왠지 앞으로 뭐든 할 수 있을 것만 같다.

석진은 비로소 가져온 짐들을 다 푼다. 대부분 고시 관련 서적들이다. 많이 버리고 왔다고 생각했는데, 가져온 짐들을 모두 놔두기엔 방이 많이 비좁다. 몇몇 짐들은 어쩔 수 없이 버려야 할 듯하다. 석진은 박스 안에 버릴 만한 것들을 집어넣는다.

'툭'

책들을 책상에 옮기다 그만 팔로 용액 병을 치고 만다. 책상에 있던 병이 넘어지면서 용액이 줄줄 흘러나온다. 당황하는 석진. 용액은 계속 흘러나와 어제 보다가 엎어 놓은 다이어리 밑으로 스며든다. 석진은 얼른 다이어리를 집는다. 친구들의 번호가 있는 페이지가 젖었다. 이 기록이 지워지면 이들한테 연락할 방법이 없다. 다급해진 석진은 양 손바닥으로 다이어리에 묻은 용액을 훑는다. 그제야 이게 강한 용액이라는 아저씨의 말씀이 생각난다. 손가락과 손바닥이 불붙은 것처럼 뜨거워진다. 석진은 급히 화장실로 달려가서 손을 씻는다. 미친 듯이 손을 비비니 그나마 괜찮아진다. 하마터면 큰일 날 뻔했다. 다이어리도 다행히 괜찮은 것 같다. 나중에 중요한 내용들은 다른 곳에 따로 옮겨 적어야겠다고 생각한다.

석진은 버릴 물품들을 박스에 넣어 고시원 밖으로 나온다.
분리수거 물품 버리는 곳을 찾는데 보이지 않는다. 귀찮아져서 철거
예정인 근처의 집 앞에 내려놓는다.

고시원 방문을 연다. 얼룩도 깨끗이 사라지고 방도 깔끔해졌다.
이제 진짜 집중해서 공부를 할 수 있을 것 같다. 석진은 더없이
상쾌함을 느낀다.

그날 밤. 석진은 불을 끄고 눕는다. 더 이상 속삭이는 소리는
들리지 않는다. 고시원은 여전히 숨 막힐 듯 조용하지만, 이제는
적응이 좀 될 것 같다. 오늘 밤은 어느 정도 잠이 올 것 같다. 이제 다
괜찮아질 거야. 석진은 그렇게 생각하며 눈을 감는다.

그윽 그윽. 어디선가 무언가를 문지르는 소리가 들린다. 그윽
그윽.
이게 대체 무슨 소리인가. 석진은 천천히 눈을 뜬다. 그윽 그윽.
어둠 속에서 눈앞의 어떤 형체가 움직이고 있다. 무언가를 뒤지는지
부스럭거리는 소리도 들린다. 눈이 어둠에 익숙해지자 방 안의
윤곽들이 서서히 보인다. 책상에 누군가가 앉아 있다. 남자인지
여자인지는 잘 모르겠다. 그 누군가는 석진이 다이어리에 적어 놓은
내용들을 지우고 있다. 샤프로 쓴 것은 지우개로, 볼펜으로 쓴 것은
화이트로, 어떤 것들은 검정색 사인펜으로 줄을 그어서 내용이
보이지 않게 하고 있다. 석진은 놀라 일어나려 한다. 하지만 몸이
움직이지 않는다. 석진은 비로소 자신이 가위에 눌렸다는 걸 알게

분실

된다.

　책상에 앉아 있던 형체가 천천히 고개를 돌린다. 석진은 형체의 얼굴을 보자 얼어붙는다. 얼굴에 눈, 코, 입이 없다. 왼쪽 귀부터 턱을 지나 오른쪽 귀까지 박음질한 흉터가 보이는데, 마치 맨살을 뜯어서 얼굴 쪽에 이식수술을 한 것만 같다. 형체는 스윽 자리에서 일어난다. 손으로 허공을 더듬으며 비틀비틀 석진에게 다가온다. 석진은 손길을 피하고 싶어 안간힘을 쓰지만 몸이 움직여 주질 않는다. 형체는 천천히 손을 든다. 석진은 어떻게든 가위에서 벗어나기 위해 주기도문을 외운다.

　툭….

　석진은 차가운 고무 형질의 무언가가 얼굴 피부에 와 닿는 것을 느낀다. 지우개다. 어제 사라졌던 바로 그 지우개다. 형체는 지우개로 천천히 석진의 얼굴을 문지르기 시작한다. 지우개의 움직임을 따라 얼굴의 피부가 이리저리 밀려서 움직인다. 옆으로 뚝뚝 떨어지는 지우개 똥이 보인다. 지우개를 문지르는 속도가 빨라지기 시작한다. 속도가 빨라질수록 마찰열로 얼굴이 점점 쓰려 온다. 형체는 미친 듯이 지우개를 비벼 댄다. 얼굴에 마치 불이 붙는 것만 같다. 석진은 하지 말라고 계속 중얼댄다. 어떻게든 몸을 움직이려고 계속 애를 쓴다.

　어디선가 시끄러운 알람 소리가 들린다. 마치 귀를 찢어 버릴 것 같은 소음이다.

시끄러운 알람 소리가 고시원 방을 울린다. 석진은 잠에서 일어난다. 아침이다. 급히 자신의 얼굴을 만져 본다. 지우개 마찰로 인해 뜨거워진 얼굴의 감각이 아직도 생생하다. 기분 나쁜 꿈이었다. 한동안 멍하니 앉아 있던 석진은 문득 꿈에서 형체가 다이어리를 지우던 모습을 떠올린다. 석진은 책상 위를 본다. 다이어리가 보이지 않는다. 다이어리를 어제 어디다 놔두었지? 책상 서랍부터 가방까지 열심히 찾아보지만 보이지 않는다. 다이어리뿐만이 아니다. 석진의 소지품 상당수가 사라졌다. 석진은 당혹스러움을 애써 누르며 어찌된 상황인지 되짚어 본다.

'누군가 방에 들어온 거야. 어젯밤에 누가 들어와서 가져간 거야.'

어젯밤, 누군가가 책상을 뒤지는 모습을 석진이 잠결에 본 것이리라. 그래서 비슷한 내용의 꿈을 꾼 것이라고, 석진은 그렇게 믿는다.

석진은 실장에게 간다. 어젯밤 CCTV 영상을 볼 수 있느냐고 묻는다. 자신의 물건들이 사라졌다고, 밤새 누가 훔쳐 간 것 같다고 말한다. CCTV 얘기를 하자 실장은 난처한 기색을 보인다. 눈치를 살피다가 조심스레 말한다.

"저거 CCTV 가짜예요."

"네?"

"장식용이라고. 저런 게 있어야 사람들이 조심하니까."

"아니, CCTV가 없다는 게 말이 돼요?"

"진작 설치했어야 하는데… 뭐 어쩌겠어요. 반년 뒤 철거하는데

분실

이제 와서 달 순 없잖아요."

CCTV가 없으면 난처하다. 어떻게 해야 하나 싶다. 석진은 어제 대청소 중에 방 앞에서 자신의 물건을 뒤지던 60대쯤의 아주머니를 떠올린다. 때 묻은 옷차림에 혼잣말로 뭔가를 계속 중얼거리던 아줌마였다. 아줌마는 박스에 놓인 석진의 손목시계를 보며 자기 아버지의 것이라고 우겼었다.

"아~ 그 아주머니? 말도 마쇼. 우리도 그 사람 때문에 골치 아파요."

실장은 그 아주머니가 치매 환자라고 말한다.

"갈수록 증상이 심해져서요. 일단 지켜보는 중입니다. 심해지면 퇴실 조치해야죠. 좀 짠하긴 해. 본인도 치매인 거 알고 있거든. 기억을 유지하려고 얼마나 노력하던지."

석진은 노크를 하고 조심스레 아주머니의 방문을 열어 본다. 그녀의 방은 정보들의 홍수였다. 벽 곳곳에 붙어 있는 포스트잇들. 거기엔 본인의 이름, 생일, 혈액형 등을 포함해 친구들, 친척들의 이름과 나이, 전화번호 등이 빼곡하게 적혀 있었다.

아주머니는 끊임없이 무언가를 중얼거리고 있다. 낮게 깔린 목소리다. 첫날 밤 들렸던 여자 목소리의 정체는 이 아주머니가 아니었나 싶다. 워낙 웅얼거려서 무슨 이야기인지 잘 안 들리는데 얼핏 본인의 인생사인 것 같다. 그녀는 자신의 부모님 이야기, 자신의 어릴 적 꿈 이야기, 자신이 사랑했던 사람의 이야기 등을 계속 중얼기린다.

석진은 아주머니에게 자신의 물건을 가져가지 않았느냐 따진다. CCTV로 금방 확인할 수 있다고 위협도 해 보지만 아주머니는 자신의 얘기는 듣는 둥 마는 둥 한다. 실장의 도움으로 아주머니의 방도 살펴본다. 석진의 물품은 나오지 않는다.

　　석진은 별 소득 없이 방으로 돌아온다. 어떻게든 마음을 가라앉히려 애쓰며 사라진 물품들의 목록을 작성해 본다. 책 몇 권, 펜과 커터 칼 등의 몇몇 문구들. 다행히 다이어리 말고는 치명적인 것이 없다고 생각하는데 갑자기 불길한 감정이 석진을 스친다. 석진은 급히 재킷 호주머니를 뒤진다. 이내 바지 호주머니와 가방 등도 미친 듯이 뒤지기 시작한다. 없다. 지갑이 없다.

　　패닉이 온 석진에게 전화가 온다. 어제 연락을 줬던 은행 직원이다. 이번엔 지점과 이름까지 얘기하는 게 왠지 더 신뢰성 있게 느껴진다.

　　"고객님, 오늘 오전에 다시 해외에서 고객님 카드로 결제가 되었습니다."

　　어제 은행에 갔어야 하는데 깜박했다. 석진은 바보 같은 자신을 탓한다. 통화를 하는 직원의 목소리는 더없이 어둡다.

　　"근데… 하아, 고객님. 금액이 이번엔 꽤 크게 나갔습니다."

　　"대체 얼마가…"

　　"그게… 고객님 잔고요. 현재 남아 있는 금액이 없다고 나옵니다."

　　석진은 뒤통수를 세게 언어맞은 듯 멍해진다. 너무 놀라서 말도 제대로 못 하겠다.

　　'거짓말이야. 사실이 아닐 거야….'

　　석진은 현재 자신과 통화하는 남자가 실제 은행 직원이 아닌 보이스 피싱 사기꾼이길 빈다. 하지만 그가 어제까지 석진의 계좌에 남아 있었던 금액을 얘기해 주는데 그 액수가 정확하다. 아무리 봐도 진짜 직원 같다.

"저기… 저… 적금은요?"

"네?"

"적금으로 넣은 5… 5000만 원요. 그건 괜찮은가요?"

핸드폰 너머로 침묵이 흐른다. 석진은 그 침묵에 많이 불안하다.

"고객님… 적금이라뇨."

"저 그 은행에 적금 있습니다. 5000만 원요."

"저희 쪽에는 현재 관련 정보가 없는데요."

"무… 무슨 소리 하시는 거에요….'

"고객님한테요. 적금이 없으신 걸로 나온다고요."

핸드폰을 들고 있는 석진의 손이 무참하게 떨린다.

"그, 그럴 리가 없어요. 부탁입니다. 한 번만 다시 확인해 주세요."

"하아, 그게…"

"제발 부탁입니다."

"알겠습니다. 그럼 저희가 이번엔 다른 루트로 다시 확인해 보겠습니다. 고객님 주민번호와 계좌 비밀번호를 입력해 주세요."

'삐' 소리가 울리자 석진은 다급하게 번호를 누른다.

"잠시만 기다려 주세요."

대기 음으로 나오는 클래식 음악을 들으며 석진은 초조하게 기다린다. 기이할 정도로 적막한 방 안의 공기가 그를 더욱 숨 막히게 만든다. 5000만 원은 석진의 마지막 방어선이자 유일한

낙이었다. 고시에 붙고 이 돈으로 무엇을 할지 고민하는 게 그의
취미 생활이었다. 처음으로 해외여행을 가 볼까, 또래들처럼 주식에
투자를 해 볼까 등등. 얼마 남지도 않았던 통장 잔액이 사라진 건
어떻게든 감당할 수 있다. 그러나 목돈이 사라지는 건 도저히 견디기
힘들 것 같다.

"고객님. 확인해 봤습니다."

석진은 침을 삼키며 다음 말을 기다린다.

"다행입니다, 고객님. 적금은 그대로 있네요."

"아, 네. 고맙습니다."

"네, 고객님의 2000만 원은 무사하니 안심하시고요. 일단
은행에 오셔서…"

석진은 자신이 잘못 들었나 싶다.

"잠깐만요. 2000만 원이라뇨?"

"적금 2000만 원요."

"5000만 원이 아니고요?"

"고객님, 애초부터 2000만 원만 적금으로 넣으신 것 같은데요."

"무슨 소리예요. 2000만 원이라니. 3000은 어딨어요?"

"그걸 저희한테 물으셔도…"

"아니, 지금 말이 되는 소리를 해야죠!"

석진이 항의하는 목소리는 점점 커진다. 당황한 직원은
석진에게 그렇다면 직접 확인을 해 보라고 권한다. 핸드폰 어플이나
인터넷 뱅킹을 이용하면 금액을 볼 수 있다고 말한다. 석진은
바로 노트북을 켠다. 그리고 보니 예전에 노트북으로 인터넷 뱅킹
서비스를 신청했던 것도 같다. 은행 사이트에 들어가자 팝업 창이

분실

뜨면서 새로 업데이트한 공인인증서 확인 프로그램을 다운받아 설치하라는 공지가 뜬다. 설치를 마치자 아이디와 비밀번호를 입력하란다. 석진은 자신이 가장 많이 쓰는 아이디와 비밀번호를 입력한다.

'비밀번호를 1회 잘못 입력했습니다.'

석진은 여러 사이트의 아이디와 비밀번호들을 자신의 다이어리에 적어 놓았었다. 다이어리가 없는 지금 여기의 비밀번호가 무엇인지 알 방법이 없다. 석진은 여러 조합으로 비밀번호를 넣어 본다. 2회 오류, 3회 오류.

'비밀번호를 4회 잘못 입력했습니다. 5회 오류 시 서비스를 이용할 수 없습니다.'

석진은 심호흡을 한 번 하고 마지막으로 비밀번호를 조합해 본다. 긴장한 채 엔터 키를 누른다. 기계음이 요란하게 흐른다. 다행히 접속이 된다. 석진은 바로 자신의 적금 액수를 확인해 본다.

'제발… 제발….'

2000만 원이다. 애초에 2000만 원을 집어넣은 것으로 되어 있다. 3000만 원… 3000만 원은 어디로 간 거지?

노트북에서 기계음 소리가 더욱 요란하게 나기 시작한다. 불법 인강 사이트에 들어갈 때 나던 소리와 비슷하다. 석진은 불길한 느낌을 받는다. 사이트 밑으로 은행 사이트의 공지 글이 보인다.

'우리 은행은 팝업 창으로 공인인증서 확인 프로그램 설치를 요청하지 않습니다. 주의해 주시길 바랍니다.'

당황하는 석진. 갑자기 컴퓨터가 바쁘게 돌아간다. 지지지징. 노트북 작동음이 요란하게 들린다. 석진의 적금 액수가 떨어지기 시작한다. 석진은 어쩔 줄 몰라 한다. 은행 사이트를 닫으려 해도 마우스가 작동을 안 한다. 그사이 적금 액수는 점점 떨어진다. 2000만 원에서 1500만 원에서 1000만 원으로… 이내 순식간에 '0원'이 된다.

석진의 온몸이 떨린다. 한동안 멍해져 아무 생각도 안 난다.

'아니야. 이건 아니야. 해결할 수 있어.'

가만히 있으면 안 된다. 빨리 정신을 차려야 한다. 석진은 시간을 확인한다. 곧 오후 3시다. 업무 시간이 끝나기 전에 직접 은행에 가 봐야 한다.

석진은 고시원을 나와 무작정 뛴다. 뛰어가며 폰으로 은행 위치를 확인한다. 석진은 은행에 헉헉대며 들어간다. 3시 15분. 번호표를 뽑고 초조하게 순서를 기다린다. 이윽고 은행 직원 앞에 선 석진은 상황을 설명한다. 5000만 원이 하루 만에 사라졌다, 그중 2000만 원은 자신의 눈앞에서 사라졌다, 그 5000만 원은 자신의 유일한 버팀목이었다 등등. 얘기를 들은 직원은 기다리라고 말하고는 자신의 윗사람에게 가서 상담을 한다. 심각하게 얘기를 나누는 두 사람을 석진은 초조하게 기다린다. 방법이 있을까? 돈이 다른 곳으로 빼돌려진 거면 은행 쪽에서도 수습할 방도가 없을 것 같다. 직원과 얘기를 나눈 팀장이 석진에게 와서 침착하게 그를 안심시킨다.

"고객님, 돈이 방금 인출된 거라고 하셨죠?"

"네, 한 20분 전입니다."

"아, 그럼 다행이네요. 빨리 오시길 정말 잘하셨습니다."

"진짜요?"

분실

"일단 고객님 계좌를 확인해 봐야 하는데요. 지금이면 어쩌면 저희 쪽에서도 조치를 취할 수 있을 것 같습니다."

"고맙습니다. 고맙습니다."

"그럼 고객님, 통장이나 카드 주세요, 신분증도 주시고요."

카드… 신분증… 석진에게는 둘 다 없다. 석진의 표정은 어두워진다.

"요즘에 워낙 사칭을 하는 사람들이 많아서요. 신분 확인 절차가 예전보다 더 까다로워졌습니다."

신분증이 없으면 은행 쪽에서도 어떻게 해 줄 방법이 없다고 말한다. 석진은 읍소도 해 보고 화도 내 보지만 별 도리가 없다.

"선생님, 이러지 마시고요. 옆에 있는 주민센터에 빨리 가 보세요. 거기서 임시 신분증을 발부받아 오시면 됩니다."

3시 25분. 석진은 급히 주민센터의 문을 연다. 30분 후면 은행 업무 마감 시간이다. 오늘은 금요일이다. 주말을 넘기면 자신의 5000만 원은 영영 돌아오지 못할 것이다. 오늘따라 주민센터에 사람이 많다. 석진은 자신의 차례를 기다리며 계속 시간을 확인한다. 귀가 좋지 않아 보이는 할아버지 한 분이 시간을 많이 잡아먹는다. 3시 35분. 석진의 차례가 온다. 임시 신분증 발급을 신청한다. 사정을 얘기하며 빨리 부탁한다고 말한다. 석진은 계속 남은 시간을 확인하며 신청서에 정보를 적는다.

"서류는 다 되었고요. 마지막으로 본인 확인을 하겠습니다."

3시 40분. 임시 신분증을 받자마자 출발하면 은행 업무 마감 전에 도착할 수 있다. 석진은 남은 시간을 계속 계산해 가며 지문 인식기로 본인 확인을 시도한다. 그런데 이상하다. 지문이 인식되지 않는다. 엄지를 몇 번이나 대 보지만 계속 인식이 안 된다.

"가끔 이럴 때가 있습니다. 다른 손가락을 대 보시죠."

다른 손가락을 대 보아도 소용없다. 아무리 해 봐도 결과가 똑같다. 석진은 자신의 손가락을 본다. 어제 뭐든지 쉽게 지울 수 있다는 그 용액을 양손으로 닦아 냈던 것이 기억난다.

3시 45분. 석진은 본인 확인을 할 다른 방법은 없냐고 묻는다. 은행 마감 전까지 신분증을 가져가지 못하면 자신의 전 재산이 사라지게 생겼다고 말한다. 석진의 절박한 표정에 직원도 당황한 눈치이다.

"사실 이러면 안 되긴 하는데요. 워낙 급하시다니까 그럼 몇 가지 간단한 질문으로 본인 확인을 대신하겠습니다."

"고맙습니다. 조금 빨리 부탁드립니다."

"우선 본인의 주민번호와 주소를 말씀해 주세요."

석진은 본인의 주민번호와 주소를 얘기한다. 직원은 컴퓨터로 확인한다.

"알겠습니다. 그럼 부모님 생일을 말해 주시겠어요?"

석진은 당황한다. 미처 예상하지 못한 질문이다. 기억이 잘 나지 않는다. 직원은 석진의 대답을 기다린다.

"저기… 제 아버지는 제가 아주 어렸을 때 돌아가셔서요."

"그럼 어머니 생일이라도 말해 주시죠."

석진은 대답을 못 한다. 마지막으로 어머니 생일을 챙겨 본 게 언제인지 모르겠다. 핸드폰을 꺼낸다. 핸드폰 어딘가에 어머니 생일을 적어 놓았을 것 같다. 답을 못하는 석진을 향해 직원은 의구심을 보인다. 석진은 애꿎은 핸드폰만 계속 만지작거린다.

분실

"저기… 혹시 다른 질문은 안 될까요?"

"저희 쪽에서 확인 가능한 정보는 한정되어 있어서요."

"그럼 잠깐만… 잠깐만 기다려 주세요."

석진은 다시 고시원으로 달려간다. 현재 시간 3시 50분. 어머니 생일을 확인하고 죽도록 뛰어 돌아가서 임시 신분증을 받으면 은행에 4시 30분 이전까지 도착할 수 있다. 은행 팀장이 자신의 처지를 알고 있으니 조금 늦더라도 배려해 줄 것이다.

석진은 고시원에 도착한다. 숨이 차서 미칠 것만 같다. 하지만 시간이 없다. 부모님의 주민번호는 다이어리에 적어 놨었다. 다이어리를 빨리 확인하려던 석진은 행동을 멈춘다. 다이어리도 현재 사라진 상황이란 것을 이제야 깨닫는다. 당황스럽다.

석진은 방을 뒤진다. 제발 여기 어딘가에서 다이어리나 지갑이 나타나길 빈다. 가끔 사라진 줄 알았던 물건들이 어처구니없는 곳에서 다시 발견되기도 하지 않는가. 책상을 살피는데 책상 위로 얼룩이 진하게 나 있다. 어제 흐른 용액이 마르면서 생긴 자국이다. 그 얼룩을 보자 어떤 기억이 석진의 머리를 스친다. 당시에 석진은 흘린 용액을 닦기 위해 책상 위에 있던 물건들을 모두 박스에 집어넣었다. 그리고 다이어리니 지갑이니 현재 없어진 물품들은 당시 책상 위에 있던 것들이었다.

고시원을 나와 언덕 위로 달린다. 어제 석진은 그 박스를 들고 니가 폐가에 버리고 돌아왔었다. 석진의 발걸음은 가뿐해졌다. 마침내 분실된 것들을 찾을 수 있게 됐다! 이제 박스에서 지갑을 꺼내 은행으로 달려가면 된다. 마감 시간 지나 도착해도 괜찮을 것 같다. 누군가의 전 재산이 사라진다는데 그깟 마감 시간이 중요하겠는가. 언덕 위로 폐가가 보인다. 석진은 미소를 머금고 허겁지겁 뛰어간다. 언덕 위에 도착한 석진은 헉헉대며 앞을 본다. 잠시 멍해진다.

집이 철거되었다. 어제까지만 해도 존재했던 집이 거짓말처럼 사라져 버렸다. 박스를 놔둔 자리엔 수많은 쓰레기들이 쌓여 자그마한 언덕을 이루고 있었다. 건축 자재부터, 헌 가구, 아이들 장난감까지.

석진은 정신없이 쓰레기를 뒤지기 시작한다. 제발 여기에 자신이 버린 박스가 있기를 빈다. 아무리 뒤져도 자신의 박스는 보이지 않는다. 시간이 흘러 하늘은 어두워진다. 석진은 핸드폰 라이트를 켜고 계속 쓰레기들을 뒤진다. 손에서 피가 나도 개의치 않는다. 은행 영업 시간은 이미 한참 전에 지났지만 상관하지 않는다. 분실한 것들을 다시 꼭 찾고 싶다. 다이어리를 되찾고 싶다. 지갑을, 내 신분증을 되찾고 싶다.

쓰레기들 사이에서 마침내 먼지를 뒤집어쓴 자신의 박스를 발견한다. 눈물이 핑 돈다. 드디어 찾았다. 석진은 박스를 열고 안을 뒤진다. 아래쪽에서 자신의 다이어리를 발견한다. 반가움에 다이어리를 펼쳐 보는 석진. 이미 늦었지만, 어머니의 생일을 확인하고 싶다. 다이어리를 살피는 석진의 표정이 천천히 굳는다. 다이어리 속 모든 페이지에 얼룩이 져 있다. 어제 흘린 용액의 자국이 번져서 대부분의 글자들이 보이지 않는다. 어제 용액을 흘린 직후엔 괜찮아 보였는데 마르면서 얼룩이 생긴 것 같다. 석진은 하염없이 계속 지워진 페이지들을 넘겨 본다.

분실

그날 밤. 석진은 가만히 누워 있다. 결국 되찾은 건 아무것도 없다. 다이어리 내용은 다 사라졌고, 지갑은 찾지도 못했다. 석진은 이틀 사이의 일을 되짚어 본다. 이젠 돈도 없다. 자신을 증명할 수 있는 모든 수단은 사라져 버렸다.

석진은 누군가에게 전화를 하고 싶어진다. 자신을 아는 누군가를 만나고 싶다. 고등학교 친구든, 대학교 친구든 먼 친척이든 상관없다. 석진은 핸드폰을 찾는다. 호주머니를 뒤지는데 없다. 핸드폰이 보이지 않는다. 석진은 핸드폰이 없어진 게 왠지 너무나 당연한 일 같다고 느낀다.

문득 어머니가 생각난다. 어머니의 돈 5000만 원이 어쩌다 2000만 원이 되었는지 기억이 난다. 어머니는 아들 석진을 사칭한 문자에 속아 3000만 원을 이상한 계좌로 보냈었다. 어머니의 생일을 축하한다는 내용으로 시작하는 문자였다. 어머니는 네가 보낸 문자가 맞냐며 석진에게 확인 전화를 걸었지만, 석진은 고시 준비에 집중한다고 어머니의 전화를 받지 않았다.

석진은 공무원 준비를 하면서 명절 때에만 어머니에게 안부 전화를 걸었다. 자랑스러운 아들의 모습으로 어머니 앞에 나타나고 싶다는 게 석진의 표면적 이유였지만, 사실은 어머니의 뒤치다꺼리를 하느라 시간을 뺏길 것 같아 연락을 하지 않았다.

석진은 어머니의 마지막 모습을 떠올린다. 어머니는 갑작스런 뇌졸중에 사지가 마비된 채 며칠을 홀로 방에 누워 있다가 돌아가셨다. 그녀 옆을 지킨 건 반려견 미미뿐이었다. 마비 상태의 어머니 옆에서 미미는 그녀의 얼굴을 계속 핥아 댔다. 그녀의 얼굴을 핥고 또 핥다가 며칠이 지나 굶주리게 되자, 미미는 그녀의 얼굴을 조금씩 파먹기 시작한다. 결국 어머니가 발견되었을 때 그녀의 얼굴은 미미가 이미 다 갉아먹은 후라 형체도 보이지 않을 정도로 지워져 있었다.

그녀의 끔찍한 마지막 모습을 석진은 잊지 못한다. 어떻게든 잊어 보려 해도 불쑥 그 이미지가 그를 찾아온다. 자신의 얼굴이 지워지는 걸 느끼면서 어머니는 무슨 생각을 하고 계셨을까. 아들이 찾아와 자신을 발견해 주길 간절히 바라지는 않았을까.

끼이익. 문이 열린다. 누군가가 고시원 안으로 들어온다. 눈, 코, 입이 없는 그 형체가 다시 나타났다. 형체는 얼굴을 석진 쪽으로 향한 채 우두커니 서 있다.

'툭'

차가운 촉감이 다시 한번 석진의 얼굴에 와 닿는다. 형체는 지우개로 다시 천천히 석진의 얼굴을 문지르기 시작한다. 석진은 더 이상 지워지기 싫다. 자신의 신상 정보들을 외우듯 중얼거리기 시작한다. 석진의 중얼거리는 속도가 빨라질수록 형체가 지우개로 지우는 속도도 빨라진다.

형체는 지우개로 지우는 행위를 멈춘다. 이내 무언가를 집어 든다. 커터 칼이다. 차라라라락. 커터 칼날이 올라가는 소리가 옆에서 들린다. 석진은 질끈 눈을 감는다. 차가운 커터 칼의 촉감이 석진의 이마에 닿는다. 형체는 조심스럽게 커터 칼로 석진의 얼굴을 살짝 긁는다. 긁힌 자국 사이로 피가 스며 나온다. 커터 칼로 이번엔 석진의 이마를 꾸욱 누른다. 부들부들 떨릴 정도로 팔에 힘을 주어 칼을 아래로 긋는다. 고통이 아까의 몇 배가 된다. 칼날이 석진의 이마를 지나 눈동자로 향한다. 칼날이 석진의 눈동자를 긁자 석진은 고통에 비명을 지른다.

형체는 이내 엄청난 속도로 커터칼을 마구 긁어 댄다. 석진의 얼굴에서 흘러나온 피가 침대보에 스며든다. 석진의 얼굴은 흉터와 피로 범벅이 되어 더 이상 형태를 확인할 수 없는 지경에 이른다.

눈앞이 보이지 않는다. 머리가 어지럽다. 석진은 정신을 잃지 않으려고 노력한다. 양손을 꽉 쥐려고 하는데 마음대로 되지 않는다. 마치 자신의 손이 사라진 것만 같다. 온몸의 신경이 끊어진 듯 몸의 어떤 부분도 움직여지지 않는다. 자신의 몸도 분실된 것만 같다.

이대로 나는 그냥 지워지는 것인가? 석진은 지워지기 싫다. 어떻게든 살아남고 싶다. 커터 칼 속도는 점점 빨라진다. 석진의 정신은 점점 멀어져 간다.

'이거 뭐야. 잘 안 지워지네….'
여자는 커터 칼로 얼룩을 계속 긁어 본다. 여자는 방금 전 이 방에 입실했다. 싼 가격에 혹해 들어오긴 했는데, 방 안에 있는 얼룩이 무척 신경 쓰인다. 직전에 이 방에서 살던 사람은 이 얼룩을 보고도 괜찮았던 걸까? 아무리 긁어도 얼룩은 지워지지 않는다. 여자는 얼룩에 가까이 다가가 본다. 아무리 봐도 곰팡이 같다.

이대로 그냥 살다간 저 곰팡이가 나한테 옮을 것만 같아 끔찍하다. 어떻게든 이 얼룩을 지워 내야 속이 시원할 것 같다. 여자가 커터 칼로 얼룩을 긁어 대는 모습을 본 한 아저씨가 내일 얼룩을 지울 수 있는 용액을 빌려주겠다고 말한다.

그날 밤. 석진은 다시 정신을 차린다. 그의 눈앞에 한 여자가 보인다. 여자는 자신을 등지고 누워 있다. 석진은 몸을 움직여 보려 하지만 움직이지 못한다. 자신의 몸은 사라졌다. 이상하게도 놀랍지 않다. 이 과정이 너무 자연스럽게 느껴진다.

석진은 자신의 과거를 떠올린다. 자신의 어머니를 떠올린다. 연락 한번 해 보고 싶던 친구들을 떠올린다. 그들은 자신을 기억하고 있을지 궁금하다. 자신이 꿈꿔 오던 미래의 모습도 떠올려 본다. 이대로 자신은 끝난 것일까?

아니, 아직 모른다. 자신에게 아직까지 의식이 있는 이유가 뭘까. 완전히 사라지지 않고 이렇게 얼룩으로 존재하게 된 이유는 뭘까. 석진은 곰곰이 생각해 본다. 누군가 나를 봐 준다면, 내 존재를 기억해 준다면 나는 다시 살아날 수도 있다. 내일 지워지기 전까지가 나의 마지막 기회일지 모른다. 이대로 죽을 수 없다. 지금 내 존재를 알리지 않으면 나는 이대로 투명하게 지워질 것이다.

석진은 앞으로 누워 있는 여자를 불러 본다. 그녀는 뒤돌아보지 않는다. 석진은 계속해서 여자에게 말을 걸어 본다. 그녀에게 자신이 살아온 삶을 이야기한다. 어릴 때 어떤 아이였는지, 어떤 꿈을

분실

가지고 살았었는지, 자신이 살던 집은 어떠하였는지.

석진은 있는 힘껏 팔을 뻗어 본다. 얼룩에서 서서히 자신의 손의 형체가 삐져나오는 게 보인다. 조금만 더 힘을 쓰면 자신의 손이 여자의 등에 닿을 것도 같다. 조금만 더… 조금만 더… 석진의 손톱의 끝이 아슬아슬하게 여자의 등을 만질 듯 말 듯 한다. 조금만 더… 조금만 더…

제발 날 봐 줘. 내가 여기 있다는 걸 알아 줘. 내 존재를 기억해 줘.

적막한 고시원 방 안. 석진은 밤새 여자를 향해 자신의 손을 뻗은 채 하염없이 버둥거린다.

Not Alone

전건우

1.

자백

사람을 죽였어요.

어쩔 수 없었어요. 그러니까… 그래요, 정당방위. 바로 그거예요! 놈을 죽이지 않았다면 제가 죽었을 거예요. 이 상처들 보이죠? 그놈이 일방적으로 절 때려서 생긴 상처들이에요. 목도 졸랐는데, 진짜 죽는 줄 알았어요. 네? 좀 더 구체적으로 말해 달라고요? 알겠어요. 그 전에 찬물 한 잔만 부탁드려도 될까요? 커피는 필요 없어요. 네. 다른 차들도 그다지 당기지 않네요. 물. 그냥 찬물이면 좋겠어요.

아! 네. 고맙습니다.

휴. 물을 마시고 나니 정신이 좀 돌아오는 것 같네요. 아까 전만 해도 팔이고 다리고 전부 떨고 있었거든요. 형사님들이라면 이미 눈치를 채셨겠지만. 사실, 무슨 정신으로 경찰서까지 왔는지도 모르겠어요. 놈의 피가 튄 옷을 그대로 입고 나온 것도 정신이 없었기 때문인 깃 같아요. 오죽하년 슬리퍼를 짝짝이로 신었겠어요.

119요?

거긴 아직 연락을 안 했네요. 놈이 죽었다는 사실은 틀림없거든요. 그리고 제일 먼저 떠오른 곳이 바로 여기, 경찰서였어요. 제가 전에 스토킹을 당한다고 신고를 했던 기록도 남아 있을 거로 생각했어요. 그러면 상황을 조금 더 빨리 설명할 수 있겠다 싶었죠. 참! 그러고 보니 이쪽 여형사님은 낯이 익네요. 그렇죠? 스토킹 신고했을 때 계셨죠? 맞네요. 그래서 낯이 익었구나.

이름요?

아! 맞다. 제가 여태 이름도 안 밝히고 무작정 떠들기만 했네요. 죄송해요. 살면서 이런 일은 처음이라 너무 정신이 없어서….

저는 나미수라고 하고, 작년에 ○○그룹에 입사한 사회 초년생이에요. 경주 토박이인데 서울로 취직을 하는 바람에 웃기게도 동네 입구에 현수막이 걸리기도 했어요. 엄마와 아빠도 진짜 좋아하셨어요. 물론 저도 좋았고요.

참! 이야기가 엉뚱한 방향으로 흘러간다 싶어도 참고 들어 주세요. 제가 왜 놈을 죽였는지 설명하려면 꽤 복잡한 이야기를 돌고 돌아야 하거든요. 그런 의미에서 물 한 잔 더 부탁드려도 될까요?

하아. 그럼 이야기를 시작하겠습니다. 앞서 말씀드린 것처럼 쭉 경주에서 살던 저는 취직을 하면서 서울에서 지내게 됐어요. 전 대학도 경주에서 나왔어요. 그런데 어떻게 우리나라에서 서열 1, 2위를 다투는 ○○그룹에 입사할 수 있었는지 궁금해하는 사람들이 많았어요. 사실 저도 신기해요. 굳이 추리를 해 보자면 면접에서 깊은 인상을 남겼기 때문이 아닐까 싶어요.

네? 어떻게 했느냐고요? 이건 좀 쑥스러운데, 제 취미가

성대모사거든요. 맞아요! 방금 그 표정! 형사님들 표정과 똑같은
표정을 면접관들도 지었어요. 그전까지는 저한테 질문도 거의 안
했거든요. 그러다가 거의 면접이 끝나 갈 때쯤 다들 취미가 뭐냐고
묻기에 제가 대뜸 성대모사라고 대답했죠. 그랬더니 면접관들은
물론이고 같이 면접 보던 사람들도 당황과 황당이 섞인 표정으로 절
바라봤어요.

　　저도 알아요. 제가 세상 얌전하고 조용하고 심심할 것처럼
생긴 거. 근데 저 완전 반대거든요. 친구들은 다 알고 있어요.
오죽하면 학창 시절 별명이 '나대기'였다니까요. 친구들이랑 노는
거 좋아하고, 춤과 노래에 환장하고, 남들 웃기는 일에 목숨 거는
사람이 바로 저예요. 성대모사도 꽤 잘해서 어딜 가나 제 성대모사
한 방이면 분위기가 풀어지거든요. 아마 취직하지 못했다면
진지하게 코미디언 시험을 봤을지도 몰라요.

　　아무튼, 제가 성대모사라고 하니까 당연히 한번 해 보라고
하더라고요. 그래서 했죠. 대통령 흉내도 내고 연예인 흉내도
내고 마지막에는 ○○그룹 회장님 성대모사도 했는데 이게 완전
대박이었어요. 면접관들 전부 눈물을 흘리면서 웃고 하여간 난리가
아니었어요. 그러고 며칠 뒤에 합격 연락을 받았어요. 얘는 뽑아
놓으면 웃기기는 하겠다, 뭐 이렇게 생각한 거 아닐까요?

　　이유가 뭐든 저는 합격했고, 회사 근처에 부랴부랴 집을
구했어요. 어마어마한 보증금을 감당할 여유가 없다 보니까 선택할
수 있는 집은 뻔했죠.

　　반지하 원룸.

　　그나마 고시원이 아니라서 다행이라고 생각했어요. 원룸치고는

꽤 넓어서 좋았는데 햇빛이 거의 들어오질 않았어요. 그래도 뭐, 다른 대안이 없으니 계약을 하고 바로 서울살이를 시작했죠.

처음엔 모든 게 좋았습니다. ○○그룹에 입사한 것도 뿌듯했고, 태어나서 처음으로 독립한 것도 기뻤고, 서울이라는 이 거대한 도시에서 새로운 사람을 만나고 여러 경험을 하게 되리라 생각하면 그것 역시 설렘으로 이어졌죠.

첫 석 달은 정신없이 지나갔습니다. 네? 아! 그렇죠. 경찰이라고 다를 리 없겠죠. 신입일 때는 적응하느라 누구든 여유도 없고 정신도 없는 하루하루를 보내게 되죠. 아침 일찍 출근해서 밤늦게 돌아와 침대에 쓰러지듯 누워 곧 잠에 빠져드는 게 일상이 되어 버렸어요. 너무 바쁘고 힘들다 보니까 딴생각은커녕 엄마한테 전화 한 통 할 짬도 없더라고요.

3개월이 지나고 4개월도 절반쯤 흘렀을 때 조금씩 적응해 가고 있구나, 하고 생각하게 되었어요. 처음에는 몇 시간씩 걸리던 일을 한 시간 만에 해냈고, 아무리 매뉴얼을 읽어도 이해조차 못 했던 일을 단번에 해결하게 됐죠. 가끔은 선배들한테 칭찬도 듣고.

그렇게 되니까 심적으로도 여유가 생겼어요. 제시간에 퇴근도 하고, 주말엔 잠만 자는 게 아니라 여기저기 돌아다니기도 했죠. 전시회도 가고 영화도 보고 한강에도 가 보고. 서울에서 하고 싶었던 걸 차례차례 했어요. 어떤 날은 63빌딩에 다녀왔다고 하니 회사 사람들이 웃더라고요. 정작 서울 사람은 거기 안 간다고. 진짜 그래요? 그렇구나. 진짜 안 가는구나.

어쨌든, 그게 중요한 게 아니고 몸도 마음도 다 여유가 생겨서 좋았는데 그 마음이 딱 한 달 지나니까 허전함으로 바뀌었어요.

Not Alone

가족도 그립고 친구들도 그리웠어요. 서울에는 정말로 아는 사람 한 명 없거든요. 회사 동료요? 물론 있긴 하죠. 같이 입사한 동기도 있고. 그런데 이런 말까지 하면 제가 너무 비참하게 보일까 봐 참으려고 했는데요, 전 회사에서 거의 왕따 신세였어요.

아시겠지만 ○○그룹에 다니는 사람들은 대부분 우리나라에서 세 손가락 안에 들어가는 대학 출신들이에요. 그래서 출신 대학별로 라인이 따로 있죠. 그 라인을 타고 승진도 하고 고급 정보도 얻고 같이 어울려 다니기도 해요. 근데 전 그런 게 없잖아요. 점심 먹을 때도 같은 대학 나온 애들끼리 앉아요. 그러다 보면 저만 혼자 덜렁 남는 거예요. 한번은 화장실 변기에 앉아 있다가 이런 이야기도 들었어요.

나미수 개 몸이라도 팔아서 입사한 거 아니냐고. 그렇지 않고서야 이름도 처음 들어 보는 지방대 출신이 어떻게 입사했겠느냐고 자기들끼리 웃으며 이야기하더라고요. 전 그날 서울에 올라와서 처음 울었어요.

바쁠 때는 몰랐는데 지나고 나니 은근한 따돌림과 무시가 마음을 찌르더라고요. 전 자존심이 되게 세거든요. 그래서 경주 친구들과 연락 주고받을 때도 힘들다는 소리 한 번도 안 했어요. 엄마 아빠한테도 당연히 허세만 떨었죠.

아! 죄송해요. 갑자기 눈물 나네요. 고맙습니다. 네. 두 장이면 충분해요. 지금 제가 정신적으로나 육체적으로나 상태가 안 좋아서 이런가 봐요. 조금 진정한 후에 다시 말씀드릴게요.

이제 됐어요. 괜찮아요. 아니요. 지금은 병원에 가기보다는 빨리 털어놓고 싶어요. 그래야 마음이 편해질 것 같아요. 어쨌든 사람을 죽인 건 사실이니까요. 저도 최대한 줄여서 빨리 말씀드릴게요.

저는 어릴 때부터 대학을 졸업할 때까지 외로움을 느낀 적이 한 번도 없었어요. 어릴 적에는 늘 가족과 함께였고 크면서는 동네 친구, 학교 친구 너나없이 다 친했거든요. 게다가 항상 제가 중심에 있었어요. 제 말 한마디, 제 행동 한 번에 친구들은 데굴데굴 구르며 웃었어요.

그랬는데….

분명 그런 사람이었는데….

불과 몇 달 만에 저는 완전히 딴사람이 되었어요. 외롭고 고독한 사람. 어떤 날에는 자려고 침대에 누워서야 종일 한마디도 안 했다는 사실을 깨닫고 무서움에 떨기도 했어요.

무서움.

네. 아무리 생각해도 그때의 제 감정을 제일 잘 설명하는 단어네요. 정말로 무서웠어요. 그 감정을 일으키는 구체적인 대상이 있었던 건 아니에요. 물론 여자 혼자 산다는 건 기본적으로 무서움을 깔고 가는 일이지만 절 진짜로 무섭게 한 존재는 저 자신이었어요. 급격하게 변한 저. 그리고 시간이 지날수록 더 알 수 없게 변할 저. 저는 바로 그게 무서웠어요.

그때쯤이었어요. 악몽을 꾸기 시작한 시기도.

악몽 내용은 늘 같았어요. 저는 누군가를 피해 미친 듯이 도망쳐요. 밤이고, 아주 복잡한 길이 여러 갈래로 뻗어 있어요. 어느 길로 가야 하는지도 모른 채 전 무작정 달리죠. 꿈이 얼마나 생생하면 제가 내뱉는 거친 숨소리가 실제로 들리는 듯해요.

Not Alone

달리기라면 자신 있는데도 저는 곧 따라잡혀요. 그리고 전 알고
있죠. 잡히면 죽는다는 걸. 그래도 한참을 더 달리다가 결국 그놈이
제 어깨를 낚아채면서 전 눈을 뜨죠. 똑같은 내용의 꿈을 매일 꾸고,
매일 새벽에 일어나 무서움에 떨었어요.

네? 아! 왜 그놈이라는 표현을 썼는지 궁금하신 거죠?

비록 꿈이지만 절 뒤쫓는 이가 남자라는 사실은 확실히 느낄 수
있었어요. 맞아요. 그런 감이 올 때가 있잖아요. 아! 형사님들은 그걸
촉이라고 하시는구나.

감인지 촉인지, 어쨌든 꿈속의 그 추격자가 남자인 건
분명했어요. 매일 같은 꿈을 꾸면 적응할 법도 한데 그렇게 되지
않더라고요. 항상 겁에 질려 깨어났고 몸은 땀으로 젖어 있었죠.
저절로 살이 쭉쭉 빠졌어요. 입맛이 없었지만 살아야 하니까 억지로
먹는데도 뺨이 움푹 들어갈 정도로 몸무게가 확 줄었어요. 그보다
심한 증상은 탈모였어요. 이대로 몇 달만 지나면 대머리가 되겠다
싶을 정도로 뭉텅뭉텅 빠져나갔어요.

사실 모든 걸 다 때려치우고 경주로 내려갈까 고민도 했어요.
하지만 제 자존심이 허락하지 않았어요. 온 동네 사람들이 다 축하해
줬는데, 친구들은 매일 부럽다며 메시지를 보내는데 패배자 신세가
돼서 귀향할 순 없었어요. 그래서 버티자고 생각했고, 그랬기에
엄청난 실수를 저지르고 말았어요.

회식 자리였어요. 신입 사원들은 다 모였죠. 부장님과 팀장님도
오셨고. 힘들고 바쁘게 지낸 신입 사원들 격려하고 칭찬하는 그런
회식이었어요. 그러다 보니 처음부터 분위기가 아주 좋았죠. 저도
모처럼 좀 웃었어요. 기분 좋더라고요. 혼자 마시다가 다른 사람들과

같이 술을 마시니 어찌나 달던지. 너무 청승맞나요? 흐흐.

아무튼, 분위기가 한창 무르익었을 때 부장님 중 한 분이
재미있는 개인기 가진 사람 없느냐고 물으셨어요.

이미 짐작하셨겠지만, 전 바로 손을 들었어요. 지금이 기회다
싶었죠. 이 자리에서 웃기고 활기찬 사람이란 걸 어필할 수 있다면
동료들이 절 대하는 태도가 좀 달라지지 않을까 생각했거든요.

제가 성대모사를 하겠다고 하니까 반응이 별로였어요.
누군가는 분위기 썰렁하게 만들면 책임지셔야 해요, 라고 은근히
압박하더라고요. 하긴 그럴 법도 했죠. 회사에서 말 한마디 안 하던
애가 갑자기 성대모사를 한다고 하니.

전 일단 한번 들어 보신 후 판단하라고 말하고는 바로
시작했어요. 송강호가 〈살인의 추억〉에서 한 유명한 대사 있잖아요.
네! 맞아요. 밥은 먹고 다니냐? 그거요. 저 그거 완전 똑같게 하거든요.
제가 짧고 굵게 그걸 하고 나니까 다들 멍하니 있다가 금세 박수를
치면서 웃더라고요.

그때부터 시작이었죠. 연예인, 정치인, 운동선수 가리지 않고
동작까지 똑같이 따라 하면서 성대모사를 하니까 감탄했다가
웃었다가, 또 감탄했다가 웃었다가, 정말 폭발적인 반응이
이어졌어요. 거의 30분 정도 혼자 쇼를 했을 거예요. 사람들이
마지막으로 딱 하나만 더 해 달라고 사정하기에 전 비장의 카드를
꺼냈어요.

회사에 이사님 한 분이 계시는데 공공의 적이에요. 진짜로
별명이 공공의 적을 줄여서 '공적'이에요. 그 이사님이 사무실에
내려오면 공적 떴다는 메시지가 주르륵 올라와요. 전형적인 꼰대

마인드에 툭하면 소리 지르고, 서류 집어 던지고, 자기는 맨날 화초에 물만 주면서 요즘 애들은 열심히 할 줄을 모른다고 흉만 보는 그런 사람이죠. 그런데 이분이 경상도 사투리를 세게 쓰고, 말투 자체도 꽤 특이해서 따라 하기가 쉬운 스타일이더라고요. 전 대번에 특징을 잡아내 거의 판박이 수준으로 따라 할 수 있게 됐어요.

전 공적 이사님 성대모사를 마지막 카드로 쓰려 했죠. 그래서 이번에는 누구인지 가르쳐 주지 않을 테니까 한번 맞혀 보라고 나름 여유까지 부렸어요.

사람들은 기대감에 찬 눈빛으로 절 보고 있었죠. 전 그 시선을 마음껏 즐기며 성대모사를 시작했어요. 그 이사님 특유의 사투리 말투는 물론이고, 눈빛이며 행동, 심지어 말 중간에 쿵쿵대는 것까지, 제가 생각해도 완벽하게 따라 했어요. 그중에서도 하이라이트는 직원들이 제일 싫어하는데도 매일 하는 말, "요즘 것들은 말이야, 근성도 없고 투지도 없고 근본도 없어. 나 때는 숟가락 하나 던져 주고 땅을 파라고 해도 그대로 했거든. 그게 사원의 자세 아니냔 말이야!"를 그대로 따라 한 거였어요. 신입은 말할 것도 없고 부장님들까지 신나게 웃는 걸 보며 전 정말 행복했죠. 그때 방문만 열리지 않았어도….

드르륵.

그 소리를 아직 잊지 못하고 있어요. 예고도 없이 방문이 열리더니 바로 그 이사님이 성큼 방으로 들어오시는 거예요. 모두 경악했죠. 그 타이밍이라면 무조건 밖에서 제 성대모사를 들었을 게 분명했으니까요. 벗어진 이마까지 시뻘게진 게 바로 그 증거였어요. 그분은 조용히 소주를 따라서 마시기 시작했어요. 눈치 빠른 애들이 같이 드시라고 반찬을 내밀어도 웃으며 다 거부하셨죠. 그렇게 한 30분 정도가 흐르자 부장님들부터 하나둘 빠져나가더라고요. 그다음은 팀장님들, 그리고 마지막이 신입이었죠. 신입들이 나갈 때는 이사님이 한마디를 하더군요. 너희들 모인다고 해서 택시비라도 챙겨 줄까 싶어 온 거라고. 그 말을 들으니 제가 너무 죄송한 거예요. 저는 이사님을 향해 고개를 푹 숙이고 나가려고 했어요. 그때 이사님이 혼잣말처럼 중얼거렸어요.

　그렇게 안 봤는데 사람이 참 이중적이네, 라고요.

　그 최악의 회식 이후 저는 아예 회사에서 없는 존재, 그러니까 유령 취급을 받게 되었죠. 유일하게 말도 걸어 주고 가끔은 제 고민 상담도 해 주던 아주 유능한 선배 언니가 있었는데 그 언니조차 절 피하더라고요. 이번에야말로 저는 완전히 무너져 내렸어요. 견딜 수가 없었어요. 퇴근하고 집에 가도 절 반기는 존재가 없기는 마찬가지였죠. 그때부터 혼자 중얼거리기 시작했어요. 마치 누군가와 대화하는 것처럼 혼잣말을 쏟아 냈어요. 아… 이러다가 미치는구나, 싶었죠. 그래서 그 선배 언니에게 장문의 메시지를 보냈어요. 나 좀 살려 달라고, 이러다가 큰일을 저지를 것 같다고.
　그랬더니 "이거라도 해 봐"라는 짧은 답장과 함께 앱을 내려받을 수 있는 주소를 보냈더라고요. 처음에는 무심한 답장에 화가 났는데 그래도 무슨 앱인지 궁금하기는 해서 링크를 눌렀어요. 세상에! 그랬더니 바로 그 앱과 연결되는 거예요!
　Not Alone.
　두 분은 혹시 모르세요? 요즘에 이 앱이 진짜 대박이거든요.

돈이 많다고 살 수 있는 것도 아니고 누군가의 초대장이 있어야 접속할 수 있는 약간은 비밀스러운 앱인데 젊은 사람들 사이에서는 진짜 난리예요. 이 앱 한번 들어가 보겠다고 초대장을 구걸하거나 어마어마한 가격으로 초대장을 거래하는 사람이 정말 많아요.

네? 무슨 앱인데 그렇게 인기냐고요?

음… 한 마디로 설명하기 어려운데요, 이 앱에선 뭐든 다 할 수 있어요. 음성 대화, 화상 대화, 채팅, 그리고 자기만의 클럽을 만들어서 자작곡을 발표하거나 그림을 전시하거나 소설이나 시를 읽어 줄 수도 있어요. 결국, 앱 이름처럼 나는 혼자가 아니라는 느낌을 품게 만드는 점이 Not Alone의 대박 비결이라고 봐요.

저는 얼른 가입했어요. 가상의 공간에서 사용할 닉네임은 고민 끝에 '리플리(Ripley)'로 정했죠.

첫날은 여기저기 돌아다니면서 어떤 주제로 대화를 나누고 소통하고 있는지 탐색만 했어요. 예상보다도 훨씬 많은 주제가 다뤄지고 있는 데다가 꽤 진지하게 토론하는 모습이 인상적이었어요. 특히 제가 관심을 가지는 책, 영화, 드라마 관련 주제는 셀 수 없을 만큼 많더라고요. 신났죠. 보고만 있어도 좋았으니까.

다음 날부터 전 본격적으로 활동했어요. 마침 토요일이라 시간이 많았죠. 편안한 분위기, 그러면서도 원활하게 대화가 이어지는 곳, 마지막으로 제가 관심을 가지는 분야! 이 세 가지를 충족해 주는 대화방이 눈에 들어왔어요. 바로 '영화광들의 수다'라는 모임이었죠. 전 영화를 정말 좋아하거든요. 이것도 의외라고 하실지 모르겠지만 특히 SF, 액션, 스릴러 장르를 좋아해요. 아! 호러도 정말 좋아하죠.

저는 망설임 없이 그 모임에 참여했어요. 제가 처음 들어가자 기존 멤버들이 모두 반갑게 인사를 해 주더라고요.

리플리 님. 반가워요.

리플리 님의 취향을 알 수 있는 닉이네요.

잘 오셨습니다. 리플리 님.

저도 패트리샤 하이스미스 좋아해요!

그런 짧은 인사가 뭐라고 괜히 기분이 좋았어요. 저는 간단하게 소개를 한 후 친구를 만들고 싶다고 솔직히 말했어요. 그러자 또 격려의 메시지가 쏟아졌죠. 이 앱에서만은 당신은 절대 혼자가 아니라고.

웃기죠? 아무리 SNS가 발달하고 그 안에서의 친목이 성행한다지만 본명도, 나이도, 심지어 남자인지 여자인지도 모르는 상대에게 진심을 담아 메시지를 보내는 일…. 아마 두 분은 이해하시기 어렵지 않을까 생각해요. 저도 처음에는 그랬으니까요.

그날은〈파이트 클럽〉이라는 영화를 두고 이런저런 이야기를 하더라고요. 저도 좋아하는 영화고 인상적으로 봤던 작품이라 슬슬 대화에 참여했죠. 그러다 보니 긴장도 좀 풀어지고 수다쟁이의 본성이 슬며시 눈을 떴어요. 전 우리나라 어딘가에도 파이트 클럽이 있으면 좋겠다고 말했고, 그러자 다들 동의하더라고요. 그러면서 그 이야기가 꼬리에 꼬리를 물면서 계속 커졌어요. 제가 중심이 돼서 이야기를 주도하던 게 정말이지 까마득한 옛날처럼 느껴졌는데, Not Alone 안에서는 너무도 간단하게 예전 모습을 되찾을 수 있었어요. 솔직히 말해 너무 감격해 조금 울었어요.

Not Alone

거의 세 시간 동안 여러 사람과 수다를 떨고 나서야 모임은 끝났어요. 문득 배가 고프다는 생각이 들었어요. 근래에 한 번도 느끼지 못한 감각이었기에 신기하기도 하고 반갑기도 했어요. 저는 망설이지 않고 배달 앱을 켰어요. 여러 항목 중 제 눈길, 아니 제 식욕을 끄는 음식은 짜장면이었어요. 짜장면 하나만 시켜서는 아예 배달이 안 되니 울며 겨자 먹기로 세트를 주문했죠. 탕수육까지 따라오는 제일 기본인 세트 아시죠?

음식이 배달되는 동안에도 저는 앱에 들어가 또 다른 모임을 찾았어요. 초대장이 있어야 가입 가능한 구조인데 이 많은 사람은 도대체 어떤 방법으로 들어왔는지 궁금증이 일 무렵 제목부터 눈길을 끄는 모임을 발견했어요.

〈두 개의 직업, 두 개의 자아: 투 잡의 모든 것〉

저는 회사 생활이 너무 재미없어서 마침 투 잡이라도 뛰어야 하나 고민 중이었거든요. 그래서 무작정 모임에 참여했는데 아뿔싸! 거긴 음성으로 의견을 나누는 곳이었어요.

어라, 신입이네?

리플리? 이름부터 여기에 딱 어울리네!

반가워. 난 카사노바! 크크크.

방금 들어갔던 모임하고는 다르게 예의와 격식을 갖춘 인사를 하지 않고 원래 알던 사람이 농담을 던지듯 툭툭 말을 내뱉는 것이 영 거슬렸어요. 그래도 전 소개를 해야겠다 싶어서 마이크 기능을 켰어요. 그런데 때마침 배달이 도착했지 뭐예요!

"짜장면 탕수육 왔습니다!"

배달원은 초인종도 안 누르고 문 앞에서 고래고래 소리만

질렀어요. 저는 급한 마음에 현관으로 달려가 문을 열었죠. 검은 헬멧을 쓴 배달원이 비키라는 듯 손짓을 하더니 현관으로 들어와 짜장면과 탕수육, 그리고 단무지 등을 능숙하게 늘어놓았어요. 그런 뒤 재빨리 제 방을 훑어보더라고요. 마침 제가 뒤에 서 있었기에 망정이지….

흠. 흠. 저는 일부러 헛기침을 했어요. 그러자 배달원이 일어나 아무 일도 없었다는 듯 철가방을 들고 계단 쪽으로 걸어갔어요. 그릇은 1층 계단 앞에 비닐에 싸서 내놓으면 된다는 말을 남기고선 말이에요.

저는 음식을 대충 챙겨 들고 책상 위에 놓아둔 태블릿 PC를 향해 달려갔어요.

마이크가 켜져 있다는 걸 확인하고 진짜로 저를 소개할까 하던 그 순간에 자기들끼리 나누는 대화를 듣게 되었어요.

야. 방금 그 여자애 왜 대답이 없냐?

뭐 배달 온 것 같던데?

이번에는 실패하지 말자! 응? 바로 꼬셔서 불러내는 거야. 그러고 일단 술이랑 약이랑….

야! 조용히 해. 듣겠다!

너무 놀라서 심장이 제멋대로 뛰었습니다. 세상에 이 앱에서까지 이런 인간들을 만나다니, 어디든 쓰레기는 존재한다는 말을 새삼 믿게 되었습니다. 저는 망설이지 않고 모임에서 나왔고, 아예 그 모임을 신고했습니다. 보복이 두려웠지만, 놈들이 나에 대해 아는 게 없다는 사실을 깨닫고 안도했죠.

Not Alone

저는 팅팅 분 짜장면을 먹으면서 이 앱도 조심해서
사용해야겠다고 다짐했죠.

그렇게 2주 정도가 지났어요. 정말이지 Not Alone이 없었다면
미쳐 버렸을 시간이었어요. 아침, 점심, 저녁 늘 혼자 밥을 먹었죠.
아침은 바나나 한 개로 때우고 점심은 사내 식당을 이용했지만,
저녁이 문제였어요. 엄마가 보내 준 밑반찬이 있긴 했는데 그것들로
알차게 밥상을 차리기에는 솜씨도 없고, 의욕도 없었어요. 그러다
보니 계속 음식을 시키게 되더라고요. 배달 최소 금액이 있으니 다
못 먹을 걸 뻔히 알면서도 많이 시켜요. 결국 남죠. 냉장고에 넣어
두기는 하지만 다시 꺼내 먹는 일은 없고, 최종 목적지는 음식물
쓰레기 수거함이 되는 거예요. 분명 안 좋은 일이 반복된다는 걸
알면서도 어디서부터, 어떻게 고쳐야 할지 모를 정도로 당시의 저는
무너진 상태였어요.

그런 제가 그나마 정상인처럼 생활을 버티게 해 주고 저에게
유일한 탈출구가 되어 준 것이 바로 Not Alone이었어요. 회사에서도
늘 그 생각뿐이었고, 야근이라도 하게 되면 조바심을 느낄 정도로 그
앱에 푹 빠져 있었어요.

집에 들어가자마자 현관에 신발을 대충 벗어 놓고는 씻지도
않고 곧장 태블릿을 들고 침대에 기대 앉죠. 그러고는 Not Alone에
접속하는 거예요. 인종과 성별과 나이에 상관없이 수많은 사람이
웃으며 어깨동무를 하는 오프닝이 끝나면 경쾌한 음악과 함께 'Not
Alone' 타이틀이 뜨죠.

2주간 영화, 책, 드라마, 그리고 만화까지 제가 좋아하는 여러
분야의 모임에 참여하면서 전 점점 명성을 얻었어요. 이렇게

말하면 좀 부끄럽긴 한데, 앞서 말씀드린 것처럼 학창 시절의 전
언제나 대장 노릇을 했거든요. 앱을 통해 그때의 자신감을 되찾자
아주 자연스러운 형태로 본모습이 나온 거예요. 저는 각종 모임에
초대를 받기도 하고, 1 대 1 채팅도 많이 하는 등 여러 친구를 사귀게
되었어요. 결국에는 제가 주도하는 '서울, 고독한 청년들의 방'을
만들기도 했어요. 이게 완전히 대박이 났어요! 정원보다 훨씬 많은
사람이 신청해서 선착순으로 입장을 시킬 수밖에 없을 정도였죠.

　　모임에 참여한 20대 남녀는 모두 비슷한 고충을 토로했어요.

　　진정한 친구는 사라진 지 오래다.

　　나는 주변 사람들이 친구가 아니라 다 경쟁자라 생각한다.

　　무엇이 나를 고립되게 만드는지 고민하고 있다.

　　친구도 많고 애인도 있는데 왠지 외롭고 고독하다.

　　물론 쉽게 결론을 찾을 수는 없는 문제죠. 저도 해결책을 바라고
모임을 만든 건 아니었으니까요. 다만 진솔하게 고민을 나누는
과정에서 위로를 받았으면 했고, 그런 제 의도는 잘 먹혔어요.
다수의 참여자가 비슷한 이야기를 했거든요. 나와 비슷한 외로움을
가진 사람이 있다는 사실에 위안을 얻었고, 같이 해결해 보자는 말에
큰 감동을 받았다고.

　　뿌듯한 일이었어요. 학창 시절의 감각이 살아나 행복하기도
했죠. 하지만 앱을 종료하고 나면 거대한 후폭풍이 밀려왔어요.
즐겁게 놀다가 저만 홀로 한밤의 놀이터에 남겨진 느낌이었죠.
허무했죠. 가슴속 어딘가가 뻥 뚫린 것 같았어요.

　　그럴 때 제게 다가와 준 이가 있었어요.

　　어떤 사람이 1 대 1 메시지를 보내온 거죠.

Not Alone

- 리플리. 안녕? 다른 사람들은 네 닉네임을 보고 오해해도 난 네가 엘렌 리플리(Ellen Ripley)라고 확신해. 내가 맞힌 거라면 답장 보내 줘! :)

전 그 메시지를 받고 그야말로 깜짝 놀랐습니다. 제가 닉네임을 어디서 따왔는지 아는 유일한 인물이었거든요.

사람들은 '리플리'라고 하면 패트리샤 하이스미스의 작품 속 그 '리플리'를 떠올렸어요. 아니면 '리플리 증후군'에서 따온 말이라 생각하는 사람도 있었죠.

하지만 아니에요. 제 닉네임 '리플리'는 가장 좋아하는 영화 속 주인공의 성을 그대로 빌려 온 거예요.

두 분 혹시 영화 〈에이리언〉이라고 아세요? 우리나라에선 1987년에 개봉했는데….

오! 맞아요! 배에서 외계인이 튀어나오는 영화. 바로 그거죠. 전 그런 영화에 아주 환장하거든요. 거기 보면 시고니 위버가 연기한 아주 멋진 전사가 나와요. 당시에는 파격적이라 할 수 있는 여성 전사였죠. 그 캐릭터의 이름이 바로 '엘런 리플리'죠. 전 영화 속의 '리플리' 같은 사람이 되고 싶어서 그런 닉네임을 만든 거였어요. 하지만 아무도 몰라줘서 좀 섭섭하긴 했거든요. 그런데 그 사람이 알아본 거에요. 전 메시지를 보내온 사람의 닉네임을 확인했어요.

'가이거'.

그게 닉네임이었어요.

저는 그 닉네임을 보자마자 흥분했어요. 그래서 바로 답장을 보냈죠.

- 가이거 님. 제 정체를 파악하시다니 정말 대단하십니다. 과연 '가이거'라는 닉네임을 쓰실 만하네요. 감히 짐작하는데 '가이거'는 'H.

R. Giger'에서 따온 거라 생각합니다. '기거'라는 잘못된 발음이 아니라 '가이거'라고 제대로 쓰신 것도 인상적이네요.

H. R. 가이거는 아주 유명한 시각 디자이너로 〈에이리언〉에 나오는 기괴하고 징그러운 외계인을 디자인해서 세계적으로 인기를 끌었어요. 하지만 우리나라 사람들은 대부분 '기거'라고 알고 있죠. 실제로는 '가이거'라 읽어야 하는데 말이죠.

가이거로부터는 금세 답장이 왔어요.

- 친구 할까요?

한 줄짜리 그 짧은 답장이 뭐라고 심장이 쿵쿵 뛰었습니다. 가이거의 본모습을 전혀 모르지만, 그렇기에 오히려 더 마음 편한 친구가 될 수도 있겠다 싶었죠. 저도 바로 메시지를 보냈어요.

- 좋아! 이제 음성 채팅하자. 대신에 화상은 절대 안 됨! ㅋㅋㅋ

그것이 시작이었어요. 가이거와 저는 하루에도 몇 번씩, 그리고 몇 시간씩 음성 채팅을 했어요. 가이거는 목소리가 정말 특이했어요. 뭐라고 할까, 변성기를 지나지 않은 소년의 목소리? 아무튼, 남자라 하면 또 남자 같고, 여자라고 하면 여자 같기도 한 아주 중성적인 목소리였어요. 뭐, 사실 목소리는 상관없었어요. 친구가 생겼다는 것만으로도 너무 좋았으니까요.

매일 무슨 이야기를 했는지 궁금하시다고요?

그거 아세요? 매일 만나거나 통화하면 오히려 할 이야기가 더 많다는 거. 가이거하고도 그랬어요. 시시콜콜한 일상 이야기부터 그날 읽었던 책이나 봤던 영화, 그리고 남에게는 털어놓기 힘든 속 깊은 이야기까지, 말할 거리는 언제나 차고 넘쳤어요.

게다가 가이거는 아주 섬세했어요.

Not Alone에서도 다른 SNS에서처럼 상태 메시지를 바꿀
수 있거든요. 전 그날의 기분에 따라 자주 바꾸는 편이었어요.
가이거는 제 상태 메시지가 조금이라도 어두운 쪽으로 바뀌면 바로
물어봤어요. 괜찮으냐고. 도와줄 일 없냐고. 무슨 일이냐고 묻기
전에 괜찮은지부터 살피는 가이거의 배려에 감동할 때가 한두 번이
아니었어요.

네. 맞아요. 어느덧 저는 가이거에게 친구 이상의 감정을
품게 됐어요. 하루라도 연락을 주고받지 않으면 불안해서 미칠
것 같았어요. 제 생활은 어느새 가이거를 중심에 두고 돌아가기
시작했어요. 직업을 말하지는 않았지만 제가 짐작하기에 가이거는
글을 쓰는 사람 같았어요. 밤새 작업하고 아침에 자는 올빼미 생활을
했죠. 그러다 보니 저 같은 직장인과는 생활 패턴 자체가 완전히
달랐어요. 그런데도 전 가이거에게 맞추기 위해 졸음을 무릅쓰고
밤늦게까지 음성 채팅을 했어요. 좋아하지 않았다면, 아무리
친구라고 해도 그렇게는 못 했을 거예요.

지겨우시죠? 살인을 자백한다고 해 놓고 딴소리만 늘어놓고
있으니…. 그래도 잘 들어 주셔서 정말 감사합니다. 이제 거의 끝나
가요. 마지막까지 듣고 나면 제가 왜 살인을 할 수밖에 없었는지
이해하실 겁니다.

가이거와의 음성 채팅은 거의 두 달 가까이 이어졌어요. 저는
가이거 덕분에 제법 안정을 찾았지만 문득 해일처럼 밀려오는
고독감과 외로움은 몇 번이나 절 쓰러뜨렸어요.

그날도 회사에서 투명인간 취급을 받고 간신히 눈물을 삼킨
채 집으로 돌아왔어요. 저는 냉장고에서 맥주를 꺼내 안주도 없이

마셨어요. 그렇게 청승을 떨고 있다 보니 더 외롭고 쓸쓸했어요. 무심코 들어간 인스타그램 속에는 온통 행복한 일만 가득한 친구들의 일상이 전시돼 있었어요. 보지 말아야지 하면서도 눈을 뗄 수가 없었고, 그럴수록 우울함은 더 커졌죠.

어느새 맥주 한 캔을 다 마시고 또 하나를 마실까 고민하고 있던 찰나에 Not Alone 알림이 떴어요.

가이거 님이 음성 채팅을 원한다는 알림이었죠.

평소보다 훨씬 이른 시간이었기에 무슨 일이 있나 싶으면서도 한편으로는 정말 반갑고 기뻤어요. 어쩜 이렇게 딱 필요한 순간에 연락을 해 오는지….

저는 망설이지 않고 Not Alone에 접속해 음성 채팅을 시작했어요. 가이거는 제가 입을 열기도 전에 이렇게 말했어요. 왠지 리플리가 걱정돼서 일찍 연락했다고. 그 말을 듣는 순간 전 참지 못하고 눈물을 흘렸어요. 그러면서 내내 숨겨 왔던 본심을 털어놓았어요.

보고 싶다고, 가이거 당신이 보고 싶다고.

잠시 침묵이 흘렀어요.

그제야 아차 싶었죠. 사실상 고백을 한 것이나 다름없는데 전 가이거의 나이도, 성별도, 심지어 애인이 있는지 없는지도 모르는 상황이었으니까요. 사실 결혼을 했을지도 모르는 노릇이었죠.

제가 둘러댈 말이 없을까 고민하고 있을 때 가이거가 조용히 물었어요. 진심이냐고, 진짜로 자기를 보길 원하느냐고.

뭐라고 할까…. 그 질문을 듣는 순간 마음 한구석에 불안감이 싹텄어요. 정확히 무슨 이유인지는 모르겠는데 그렇게 물은 사람은

여태 제가 알고 지내던 가이거가 아닌 완전히 다른 존재인 것만
같았어요.

그래도 어쨌든 답은 해야 했기에 저는 솔직하게 말했어요.
진심이라고. 쭉 말하고 싶었는데 오늘 나도 모르게 튀어나와
버렸다고 이야기했죠.

가이거는 대꾸하지 않았는데 그렇다고 아예 소리가 사라진 건
아니었어요. 귀에 거슬리는, 날카롭고 예리한 소리가 규칙적으로
들렸어요. 아주 희미하게. 저는 온 신경을 집중해서 귀를
기울였어요. 처음에는 감도 잡히지 않았는데 계속 듣다 보니 그게
무슨 소리인지 알겠더라고요.

그건, 가이거가 숨죽여 웃는 소리였어요.

크크크.

이렇게요.

그걸 알게 되자 팔뚝에 소름이 돋았어요. 저는 안 되겠다 싶어
음성 채팅을 그만하자고 말하려 했어요.

그런데 그때, 웃음기가 잔뜩 밴 가이거의 목소리가 들려왔어요.
가이거는 이렇게 말했어요.

그렇다면 너에게 갈게, 라고.

저는 바로 앱을 종료하고 현관문이 제대로 잠겨 있는지, 안전
걸쇠는 걸려 있는지부터 확인했어요. 두 번 세 번 확인했는데도
불안감은 가시지 않았어요. 심장은 불규칙하게 뛰고 호흡도
거칠어졌어요. 금방이라도 누군가가 초인종을 누르거나 문을
두드릴 것 같았죠.

물론, 이성적으로 생각하면 말도 안 되는 이야기였죠. 제가

가이거에 관해 모르는 것처럼 가이거 역시 제 정보를 알 수가 없었거든요. 주소는 물론이고 근처에 뭐가 있는지도 모르는 상황이니까 너에게 간다는 가이거의 말은 딱 농담이나 허세 수준이었던 거죠.

그래도 무서웠어요. 아시죠? 두려움과 무서움은 이성으로 판단할 수 없는 문제라는 거. 백 번 천 번 이성적으로 생각해 봐도 일순간 덮쳐 오는 기괴한 상상력은 이성을 무너뜨리기에 충분했어요.

혹시 앱을 해킹해서 내 주소를 알아내면 어떡하지?

아니, 애초에 나를 아는 사람이 지금껏 장난을 쳤던 거라면?

지난번에 배달 왔던 그 사람이 가이거라면?

전 밤새 한숨도 못 자고 벽에 기댄 채로 앉아 끝없이 이어지는 상상력과 싸웠어요. 결국, 회사에는 몸이 너무 아프다고 거짓말을 해 휴가를 냈어요. 그런 뒤 조금이라도 자자 싶어서 암막 커튼을 치고 핸드폰도 끈 후에 이불을 머리끝까지 덮고 침대에 누웠어요.

불안감과 두려움, 그리고 예리하게 곤두선 신경도 피로 앞에서는 힘을 못 쓰더라고요. 저는 곧 잠에 빠졌어요.

채 30분도 지나지 않아 인기척을 느꼈어요. 누군가가 최대한 발소리를 죽인 채 제 방을 돌아다니고 있었어요. 냉장고를 열었다가 닫기도 하고, 킁킁거리며 냄새를 맡기도 하고, 화장실에 들어가 한참 뒤에 나오기도 했어요. 저는 너무 무서워서 이불을 뒤집어쓴 채 꼼짝도 못 했어요. 제 방에 침입한 이는 남자가 분명했어요. 감이 그렇게 알려 줬어요.

무서운 한편, 남자가 누굴까 궁금하기도 했어요.

Not Alone

혹시 가이거라면?

최대한 움직이지 않으려고 애를 썼는데 머릿속은 그 어느 때보다 활발하게 움직였어요. 거의 영원처럼 느껴지던 기나긴 시간이 흐른 후 남자의 인기척이 사라졌어요. 현관문을 여는 소리도 못 들었는데 말이죠. 그러고 보니 남자가 들어올 때 났을 법한 문을 여는 소리도 듣지 못했어요. 비밀번호야 알아냈다고 해도 안전 걸쇠는 어떻게 풀었을까요?

그런 생각을 하면서 이불을 치워 내고 벌떡 일어났는데, 여전히 이불 속이었어요. 전 눈을 뜨고 있었죠. 처음에는 상황 파악이 안 됐어요. 그러다가 깨닫게 되었죠. 모든 게 꿈이었다는 것을.

저는 이번에야말로 진짜로 일어나서 방을 훑어봤어요. 변한 건 아무것도 없었어요. 냉장고 안에 넣어 둔 음식도 그대로고 반찬통 위치도 변하지 않았죠. 화장실도 구석구석 살폈지만 이상한 점은 하나도 없었어요. 몰래카메라를 설치한 게 아닐까 싶어 정말 샅샅이 뒤졌는데 깨끗했어요. 저는 결론을 내렸어요. 지독하게 현실적인 악몽을 꾼 거라고.

일단 안도의 한숨을 쉰 후 저는 다시 침대에 앉았어요. 그러고는 Not Alone에 접속했어요. 혹시나 했지만 가이거에게서 온 메시지는 한 통도 없었어요. 단 한 번의 사건으로 오랜 시간 쌓아 온 우리 관계가 끝났다는 사실이 아쉬웠지만, 더 깊이 빠져들기 전에 본성을 알아낸 게 다행이다 싶기도 했죠.

저는 친구 목록에 들어갔어요. 가이거를 삭제할 생각이었죠. 그런데 이상하게도 친구 목록에 가이거가 없었어요. 검색을 좀 해 보니 이런 경우는 딱 한 가지 이유 때문이래요. 상대방이 먼저 차단을 하고 목록에서 삭제한 경우.

하아. 그걸 본 순간 짜증과 분노가 치밀었어요. 방금까지 두려움이 앞섰다면 이제는 푸르스름하게 빛나는 화가 제 몸 전체로 퍼져 나갔어요.

저는 가이거에 관해 본격적으로 조사하기 시작했어요. 가이거가 속해 있던 모임의 방장이나 개인적으로 친분이 있노라 말해 왔던 사람들에게 일일이 메시지를 보냈죠. 혹시 가이거라는 사람을 아시느냐고, 사소한 정보라도 좋으니 알려 달라고 했죠.

그랬더니 정말 놀라운 일이 벌어졌어요. 순식간에 50개가 넘는 메시지가 날아온 거예요. 저는 식빵에 딸기잼을 발라 점심으로 먹겠다는 계획도 포기하고 그 메시지를 다 확인했어요.

형사님들이라면 그 메시지가 어떤 내용일지 이미 짐작하셨을 것 같은데, 어떠세요?

네? 아! 맞아요! 역시 예리하시네요. 딱 말씀하신 그대로였어요.

그 많은 메시지 중 대부분이 가이거에게 피해를 입은 사람들이 고통을 호소하는 내용이었어요.

레퍼토리는 거의 비슷했어요. 닉네임은 상대에 따라 바꾸기도 했지만, 상대방을 걱정해 주는 척 부드럽게 접근했다가 자연스레 음성 채팅을 하고 결국 제가 겪었던 것처럼 만남에까지 이르도록 이끌죠. 만남 뒤에 등장하는 단어는 입에 올리는 것조차 꺼리게 되는 것들이었어요.

성폭행, 구타, 가스라이팅, 몰카, 가학성 같은 단어들.

그리고 메시지의 마지막에는 비슷한 느낌의 문장이 꼭 달려 있었어요.

Not Alone

그 인간 때문에 인생이 망가졌습니다.

그 사람이 절 폐인으로 만들었습니다.

그렇게 무서운 사람은 처음 만났고 전 지금까지 대인 기피증을 앓고 있습니다.

메시지를 다 확인하고 나니 저도 모르게 등이 축축하게 젖어 있었습니다. 그만큼 긴장했고, 그만큼 무서웠다는 뜻이었죠. 가이거는 Not Alone을 악용해 자신의 욕망을 채우는 괴물 그 자체였습니다. 한없이 다정한 존재를 연기하며 속으로는 음흉한 계획을 짜고 있었을 가이거를 생각하자 구토가 올라올 지경이었습니다. 인간의 이중성으로만은 설명이 안 되는 사이코패스가 바로 가이거였던 거죠.

그 후 저는 Not Alone에 접속하지 않았고 퇴근하면 거의 바로 집에 돌아갔습니다. 사람들이 북적대는 강남 한복판은 제 불안감을 더 자극했으니까요. 어느 순간 가이거가 나타나 저를 찌르는 악몽을 몇 번이나 꿨습니다.

모르는 사람이 말이라도 걸면 저도 모르게 비명을 지르고 도망치는 버릇도 그 무렵에 생겼습니다.

그렇게 일주일 정도가 흐른 어느 날, 퇴근하고 집으로 들어서자마자 저는 낯선 느낌을 받았습니다. 가구는 물론이고 책상에 올려놓은 노트북과 마우스의 위치 등은 전혀 변하지 않았습니다. 다만⋯ 익숙하지 않은 향기가 집 안에서 맴돌고 있었습니다. 네, 그건 향수 냄새였죠. 저는 절대 사용하지 않는 우디 계열의 향기였기에 더 빨리 알아챈 건지도 모르겠네요.

처음 맡는 향기가 떠돈다는 것은 그 향수를 뿌린 사람이 제법 오래 집 안에 머물렀다는 걸 의미하잖아요. 거기까지 생각이 미치자 너무 무서워 견딜 수가 없었죠. 그날 밤은 호텔인지 모텔인지 모를 곳에 방을 잡아서 겨우 잤어요.

그 일이 터진 뒤로는 또 며칠간 잠잠했어요. 종일 긴장 상태였기에 저 역시 지칠 수밖에 없었죠. 그래서 며칠을 보낸 뒤에는 애써 가이거 생각을 머릿속에서 지우려 노력했어요. 따지고 보면 얼굴도 못 본 저에게까지 그렇게 집착할 이유가 없는 거예요. 그렇잖아요? 차라리 다른 먹잇감을 찾아서 Not Alone 여기저기를 돌아다니는 게 가이거에게는 더 나은 일일 테니까요.

하지만 제 오판이었어요. 가이거는 그렇게 단순하지도, 그렇다고 쉽게 포기하지도 않는 인물이었어요.

퇴근하고서는 평소처럼 간단히 밥을 먹고 이를 닦으려는데 칫솔이 젖어 있었어요. 칫솔이 젖어 있었다고요!

전 비명을 지르며 칫솔을 내던졌어요. 아침에 사용하고 꽂아 둔 칫솔이 저녁까지도 축축하다는 게 뭘 의미하는지 두 분도 아시겠죠?

네. 맞아요.

누군가가 몰래 들어와 사용했다는 거죠. 온몸에 소름이 돋았습니다. 정말이지 참을 수가 없었습니다. 결국에는 먹었던 걸 다 토하고 말았죠. 몇 번 토하고 나니 힘은 쭉 빠졌지만 그래도 머리는 맑아졌습니다. 저는 곰곰이 생각했죠. 누가, 왜 이런 짓을 벌이는 걸까? 아무리 생각해도 답은 하나였습니다.

가이거.

가이거가 아니고서는 이런 짓을 할 사람이 없었어요. 물론 풀리지 않는 의문은 있었죠. 제 주소를 어떻게 알았는지, 무슨 수로 집에 들어왔는지 하는 것들요. 귀신 아닌 존재에게는 도저히 가능한 일이 아니잖아요? 그렇게 생각하니 더 무서운 거예요.

　전 그날 밤에 당장 집 안에 설치할 CCTV를 주문하고 기술자를 불러 문에 잠금장치를 두 개 더 달았어요. 비밀번호가 아니라 열쇠로 여는 것들로.

　그리고 정확히 이틀 뒤에 제가 경찰서, 그러니까 이곳으로 뛰어올 수밖에 없었던 사건이 터졌어요.

　늦은 밤이었고, 저는 침대에 누워 자고 있었어요. 그런데 잠결에 자꾸 거슬리는 소리가 들리는 거예요.

　끼익끼익. 끼익끼익.

　흉내를 내자면 대충 이런 소리였어요.

　맞아요! 쇠가 마찰할 때 나는 소리와 비슷했어요. 꿈인지 현실인지도 모른 채 저는 눈을 떴어요. 소리는 계속 들렸어요. 꿈은 아니라는 뜻이었죠.

　끼익끼익. 끼익끼익.

　전에는 한 번도 들어 본 적 없는 소리였고, 집 안에는 그런 소리가 날 만한 물건도 없었습니다. 저는 유심히 귀를 기울이다가 그 소리가 바로 제 머리 위에서 난다는 걸 알아챘습니다. 머리 위쪽에는 창문밖에 없었죠. 반지하라 창문은 그리 크지 않았습니다. 그나마 열어 놓으면 환기가 된다는 이점이 있긴 했죠. 그런데 소리는 왜 나는 걸까? 궁금함을 참지 못했던 저는 고개를 들어 창문을 올려다봤습니다.

　그 순간 저는 입을 틀어막아야 했죠. 안 그러면 비명을 질렀을 테니까요.

뭘 봤냐고요?

그게… 장갑을 낀 손이 쇠창살을 잡은 채 마구 돌리고 있었습니다. 그때마다 그 소리가 났던 거예요.

끼익끼익. 끼익끼익.

저는 본능적으로 알아차렸죠. 가이거가 쇠창살을 빼낸 뒤 창문으로 들어오려 한다는 걸.

그 길로 집을 빠져나와 경찰서까지 쉬지 않고 달린 겁니다. 여기에 도착했을 땐 너무 숨이 차서 이대로 죽는 건가 싶을 정도였죠. 저는 겨우 숨을 고른 후 스토킹을 당하고 있으니 도와달라 요청을 했습니다.

사실 그때는 워낙 정신이 없기도 했고 구구절절 설명하기가 어려워 Not Alone 이야기는 하지 않았어요. 그저 SNS로 친해진 남자가 집으로 찾아와 괴롭힌다, 정도로만 대답했죠. 그런데 마땅한 해결책이 없었어요. 제 이야기를 들어 주셨던 경찰관님이 난감하다고 말씀하시더라고요. 본명, 나이, 직업, 주소 등 아무런 정보도 없으니 현장에서 잡는 것 외에는 방법이 없는 거였죠. 저도 인정했어요. 경찰관님은 그래도 혹시 모르니 집에 같이 가 보자고 하셨어요.

예상하셨겠지만, 가이거는 사라지고 없었어요. 쇠창살도 멀쩡했죠. 경찰관님은 집 안까지 꼼꼼하게 살펴봐 주신 후에 마침 그날 저녁에 배송된 CCTV까지 설치해 주시고 떠나셨어요. CCTV가 달린 걸 보니 그래도 조금은 안심이 되더라고요. 전 가이거가 멀리서라도 우리 집을 보고 있길 바랐습니다. 번쩍이는 경광등을 보고 겁을 먹었으면 해서 말이죠. 그렇게 끝났더라면

Not Alone

좋았을 텐데….

　이제 정말로 마지막입니다. 오늘 벌어진 일, 아니 사건에 관해 설명할 차례거든요.

　오늘은 CCTV를 설치한 지 딱 사흘째 되는 날이었습니다. CCTV 덕분에 든든하긴 했지만 반대로 불편하기도 했어요. 저 혼자 살고, 저 말고는 CCTV 영상을 확인할 사람도 없겠지만 그래도… 음… 옷을 갈아입거나 할 때 왠지 신경이 쓰이더라고요. 사각지대가 전혀 없거든요. 그래서 사흘간 옷을 갈아입을 때면 늘 씻기도 할 겸 화장실에 들어갔죠.

　오늘도 마찬가지였어요. 먼저 옷을 갈아입었어요. 네. 지금 입고 있는 이 옷이죠. 그런 뒤 세수를 하는데 방에서 소리가 들렸어요. 전 바로 수도꼭지를 잠그고 귀를 기울였어요.

　저벅저벅.

　발소리라는 걸 단번에 알아챘죠.

　뒤이어 뭔가가 깨지는 요란한 소리가 들렸어요. 전 화장실 문을 잠그는 대신, 무슨 정신에 그랬는지 몰라도 소리를 지르며 방으로 뛰어 들어갔어요. 순간 지독한 어둠이 절 덮치는 거예요! 분명 방의 불을 다 켜고 화장실에 들어갔는데. 그때 문득 깨달았어요. 방금 들었던 게 형광등이 깨지는 소리였다는 사실을요. 그나마 멀쩡한 화장실 불빛이 앞을 밝혀 주고 있어 다행이라고 생각하던 그 찰나에 방문이 쾅 닫혔어요.

　정말이에요!

　저절로 문이 닫혔어요. 이제는 진짜 아무것도 보이지 않았어요.

심지어 방향감각도 잃어 어디가 화장실이고 어디에 침대가 있는지도 모를 정도가 됐어요. 공황 상태에 빠진 거죠. 머리가 쑤시고 숨쉬기가 힘들고 다리는 바닥에 딱 붙었지만 가이거가 절 지켜보고 있다는 생각에 겨우 움직일 수 있었어요.

전 어둠 속을 더듬으며 움직였어요. 목표는 현관이었죠. 문만 열 수 있다면 맨발로라도 도망칠 생각이었거든요. 그런데 그때 가이거의 목소리가 들렸어요. 남자인지 여자인지 모를 그 소름 끼치는 목소리!

보고 싶다고 해서 왔어.

비명을 질렀어요. 위치가 노출될 걸 알면서도 도저히 참을 수가 없었어요.

저벅저벅.

발소리가 가까워졌어요. 리플리 거기 있구나, 라는 말과 함께.

빛이라고는 한 점도 없었지만 저는 평소의 생활 감각을 최대한 살려 침대 쪽으로 도망쳤어요. 그러다가 작은 책상 겸 화장대에 발이 걸렸어요. 제게는 그게 기회였어요. 그 위에는 정리 못 한 물건들이 잔뜩 놓여 있었거든요.

와 봐! 와 보라고!

정말로 그렇게 소리쳤죠. 가이거를 유인하려던 거였어요. 가이거는 계속 말을 쏟아 내며 다가왔어요.

넌 혼자가 아니야. 우리가 있잖아.

거의 손만 뻗으면 닿을 것 같은 거리에서 가이거 목소리가 들렸을 때 저는 힘껏 헤어드라이어를 휘둘렀어요. 제대로 맞히리라는 자신은 없었는데 퍽, 하는 큰 소리가 들려서 저도 깜짝

Not Alone

놀랐죠.

가이거는 제가 그런 공격을 할 줄은 예상도 못 했나 봐요. 반대편
벽까지 날아가 옷걸이를 무너뜨리는 소리가 똑똑히 들렸거든요.
저는 자신감이 생겼어요. 가이거는 의외로 약골일지 모르겠다는
생각까지 했죠. 그래서 도망치는 대신에 손에 잡히는 물건을 모두
집어 던졌어요. 맞서 싸우기로 선택한 거였죠. 그러지 말았어야
했는데.

정신이 나가기라도 한 듯 계속 그 짓만 반복했어요. 가이거가
차디찬 손으로 내 목을 잡기 전까지는요.

가이거는 제 목을 쥐고 다리를 걸어찼어요. 전 바닥에 쓰러졌죠.
그때부터는 일방적인 구타가 이어졌어요. 팔을 들어서 막아 보려
했지만 소용없었어요. 가이거는 무자비한 주먹질을 하면서도 계속
같은 말을 외쳤어요.

넌 혼자가 아니야. 우리가 있잖아.

넌 혼자가 아니야. 우리가 있잖아.

넌 혼자가 아니야. 우리가 있잖아.

넌 혼자가 아니야. 우리가 있잖아.

저는 더 견디지 못하고 팔을 내렸어요. 그때였어요. 손끝에
차가운 무언가가 닿았어요. 더듬어 보니 그건 작고 끝이 뾰족했어요.
너무 맞아서 의식이 흐려지는 중에도 그게 미용 가위라는 건 알 수
있었어요. 전 집에서 직접 앞머리를 자르거든요. 그때 사용하려고 산
가위가 하필 거기 떨어져 있던 거죠.

망설이지 않았습니다. 네. 솔직하게 말씀드릴게요. 전혀
망설이지 않았고, 살의도 가지고 있었습니다.

그래서 미용 가위를 꽉 쥐고 가이거의 목이라고 생각한 부분에 힘껏 찔러 넣었습니다. 제 예상은 맞았어요. 가위는 가이거의 목에 제대로 꽂혔고 사실상 그게 치명상이었을 겁니다.

하지만 저는 멈추지 않았어요. 가이거는 피가 터져 나오는 목을 감싸고 쓰러졌고 전 그 위에 올라탔습니다. 그러고는 양손으로 이렇게 가위를 쥔 채 계속 찔렀습니다. 계속. 힘이 다 빠질 때까지.

자, 이제 끝입니다. 길고 지루한 변명을 끝까지 들어 주셔서 정말 감사합니다. 앞으로 어떻게 될지는 모르겠지만 지금은 너무 피곤하네요. 지금이라도 병원에 갈 수 있을까요? 아! 고맙습니다. 그럼 기다리고 있을게요.

네? 한 번만 안아 보고 싶다고요? 저를요? 여형사님 따님과 제가 같은 또래라고요? 아! 알겠네요. 그럼 딸이라 생각하시고 꼭 한 번 안아 주세요.

2.
진실

"어떠냐? 끝까지 지켜본 소감이."

박 순경은 입까지 벌린 채 아직도 세 사람에게서 눈을 떼지 못하고 있었다.

"민 경장님. 한 번만 더 말씀해 주세요. 그러니까 지금 제가 들은 이야기가 전부 거짓말이라는 거죠?"

박 순경의 조심스러운 질문에 민 경장 역시 신중한 표정으로 대답했다.

"거짓말이라…. 그것보다는 저 여자의 망상이라고 하는 게 맞겠지."

"그런데 정신이 이상한 사람이 지어냈다고 하기에는 너무 현실감이 넘치잖아요. 저 이야기 중에 진실이 있긴 한 거죠? 그러니까 현실감이 사는 거고."

민 경장은 고개를 저었다.

"없다고요? 하나도? 그럼 경주 이야기는요?"

"그것도 지어낸 거야."

"이름은요?"

"그것도 본명이 아니야. 물론 나미수라는 이름을 가지고 경주가 고향이며 ○○그룹에 다니는 여성은 존재해. 그렇지만 저 여자는 아니야. 저 여자의 본명은 최슬기, 경주가 아니라 인천에서 태어났고 취직을 해 본 적도 없어. 최슬기가 나미수를 알게 된 것은 독서 모임을 통해서였어."

"그럼 그때 얻은 정보를 가지고 사칭을 한 거네요?"

박 순경은 여전히 세 명에게서 눈을 떼지 않은 채 물었다. 나미수, 아니 최슬기는 의자에 앉은 채로 책상에 얼굴을 묻었고 맞은편의 나이 지긋한 여자와 남자는 제복 상의를 벗어 경찰에게 돌려주는 중이었다.

"사칭은 아니야. 사칭이라고 하려면 속이는 쪽이 자기가 거짓말을 한다는 걸 인식해야 하거든. 그런데 최슬기는 자신이 나미수라고 생각해. 진심으로. 누군가를 속일 의도가 전혀 없지."

민 경장은 그렇게 말하며 쓴웃음을 지었다.

"그, 그게 어떻게 가능하죠?"

"해리성 정체성 장애."

민 경장은 짧게 대답했다.

"네? 해리성 뭐 그거라면 다중 인격 맞죠? 〈서프라이즈〉에서 봤거든요. 한 사람 몸에 여러 인격이 있어서… 잠깐! 그럼 최슬기 씨가 그거라고요?"

"1년 전이었어. 최슬기가 여기로 찾아와서 피해를 호소한 게. 그때는 나미수가 아니었어. 물론 최슬기도 아니었고. 음… 그래! 내 기억으로는 주화영이었을 거야. 대학생인데 실수로 룸메이트를 죽였다고 자수를 했지. 그때도 구구절절 사연을 늘어놓았어. 이야기는 앞뒤가 딱딱 맞았고 심지어는 룸메이트를 죽이게 된 사정도 이해가 되는 거야. 그러니 뭐, 더 물을 것도 없었지. 나를 포함해서 네 명이 사건 현장으로 갔어.”

“설마 그 현장이라는 게 최슬기 씨가 말한 그 반지하?”

“맞아. 그때나 지금이나 최슬기는 계속 거기서 살고 있지. 아무튼, 방에 딱 들어갔는데 의자가 쓰러져 있고 깨진 거울 조각이 바닥에 흩어져 있긴 했지만 정작 시체는 어디에도 없었어. 화장실은 물론이고 침대 밑까지 다 살펴봤는데도 못 찾았지. 처음에는 두 가지를 의심했어. 주화영이 사체를 유기해 놓고 거짓말을 한 거다, 아니면 룸메이트가 잠시 기절했다가 깨어나서 도망친 거다. 이렇게 말이야. 그런데 집을 뒤지면 뒤질수록 느낌이 싸한 거야.”

“어떤 점에서요?”

박 순경은 이야기에 푹 빠진 눈치였다. 민 경사는 엎드려 있는 최슬기를 한 번 보고는 다시 말을 이었다.

“아무리 봐도 그 좁은 방에서 두 사람이 살았다는 게 믿기지 않았던 거지. 침대는 싱글이었어. 베개도 하나, 옷가지 수가 너무 적었고 취향이 한결같았어. 결정적으로, 죽은 룸메이트 앞으로 온 택배는 하나도 없었다는 거야. 경찰이라는 직업이 늘 그렇잖아. 사람의 말을 믿기보다 자기 눈으로 직접 본 걸 더 믿잖아. 그날도 그랬어. 주화영이 눈물까지 흘리면서 한 자백은 현장과 맞아떨어지는 구석이 하나도 없었어. 그렇다면 주화영이 거짓말을 한다고 생각할 수밖에. 그 길로 다시 서로 복귀했어.”

“주화영의 반응이 궁금하네요.”

"내가 신문을 맡았는데, 자백을 바탕으로 처음부터 다시 여러 각도로 질문을 했어. 그걸 반복하니까 조금씩 균열이 생기더라고. 그런데도 주화영은 룸메이트를 죽였다는 주장은 굽히지 않는 거야. 정말 이상한 신문이었지. 경찰은 살인이 일어나지 않았다는 이야기를 하고 있는데, 당사자는 살인을 했다고 우기고 있으니…."

"그래서 결국 인정했습니까? 자기가 거짓말했다고."

"아니. 주화영 입장에서는 거짓말이 아니었던 거야. 하도 답답해서 범죄심리학 교수를 불러서까지 도움을 청했거든. 거의 한 시간 정도 이야기를 나누더니 그 교수가 나와서 한 첫마디가 바로 그거야. 해리성 정체성 장애. 뭐, 나도 너처럼 반응했지. 그거 영화에서 봤다고. 흐흐."

"그럼 최슬기 씨 안에는 몇 개의 인격이 있는 겁니까?"

"그 교수 말이 더 연구를 해 봐야 알겠지만 적어도 넷 이상일 것 같다더군. 당시에는 주화영이 메인 캐릭터고, 공무원 시험을 준비하는 20대 초반 여성, 그리고 히키코모리 룸메이트가 서브를 담당했대. 마지막 인물 하나는 절대 모습을 드러내지 않아 밝혀낼 수 없었다고 해."

"그럼 주화영이 죽었다고 말한 그 룸메이트가 혹시 자기 인격 중 하나가 아니었을까요?"

"맞았어! 바로 그거야. 주화영, 아니 최슬기는 해리성 정체성 장애 중에서도 아주 특이 케이스인가 봐. 보통은 어린 시절부터 성인이 될 때까지 여러 개 인격이 완성되는 편인데 최슬기는 편의를 위해, 위기를 모면하기 위해, 혹은 동경하는 누군가를 따라 하다가 새 인격을 만들어 버렸어. 그렇게 되면 자신의 인격 중 하나를 제거하는 거야. 최슬기는 그 과정을 살인이라 생각하게 되었고, 거의 매달 경찰서로 달려와 자신의 죄를 자백했어. 바로 오늘처럼."

"그럼 오늘 오신 두 분은….."

"부모님이야. 5개월째 됐을 때 우리가 먼저 연락을 드렸어. 최슬기 씨가 이런 사정으로 매달 경찰서에 온다. 딸과 같이 지내는 게 어떠냐, 조심스레 제안했지. 그런데 두 분도 딸이 무섭대. 언제, 어떻게 변할지 몰라서 일부러 방을 하나 잡아 주고 거기서 살게 만든 거라는데 무슨 말을 더 하겠어? 대신에 한 달에 한 번, 최슬기가 경찰서에 찾아올 때면 자신들이 경찰인 척 행세하며 최슬기의 이야기를 들어 줄 테니 너무 걱정하시지 말라고 하시더라고. 그렇게까지 해 주신다는데 원칙을 들먹일 수가 없어서 알겠다고 했고, 어김없이 오늘도 오신 거야."

민 경장은 안타깝다는 표정으로 경찰서 밖으로 나가는 노부부를 바라봤다. 두 사람은 마주치는 경찰 모두에게 허리까지 숙이며 인사를 했다.

"그럼 이제 최슬기 씨는 어떻게 되는 거예요? 우린 현장에 안 가 봐도 되는 건가요?"

"현장? 이거나 한번 봐."

민 경장은 그렇게 말하며 태블릿을 내밀었다. 박 순경은 그걸 받아 들고 동영상을 재생했다. 녹화된 CCTV 화면이었다.

"어두운 상태에서 찍힌 거라 화질이 썩 좋진 않지만 그래도 이 제품이 나름 나이트 모드를 지원하거든. 뭐, 알아보기 어렵지는 않을 거야."

박 순경이 동영상을 보는 사이 민 경장은 담배를 들고 밖으로 나갔다.

동영상은 최슬기가 집으로 들어오는 장면으로 시작됐다. 최슬기는 가방을 책상에 올려놓고 갈아입을 옷을 챙겨 화장실로 들어갔다. 이 부분까지는 진술과 같았다. 문제는 바로 다음부터였다. 몇 분간 화장실에 있던 최슬기가 벌컥 문을 열고 나오더니 망설이는 기색도 없이 침대로 다가가 밑에서 작은 아령을 꺼냈다.

최슬기는 아령을 휘둘러 형광등을 모조리 깼다. 곧 방 전체가 어두워졌다. 최슬기가 직접 화장실 문을 닫자 CCTV가 나이트 모드로 작동해서 화질이 많이 떨어졌다. 그래도 사람과 사물을 알아보는 데 큰 문제는 없었다.

문제는… 동영상 자체에 있었다.

최슬기는 아령을 내려놓은 뒤 자기 얼굴을 마구 때리기 시작했다. 목도 스스로 졸랐다. 헤어드라이어로 자기 머리를 내리쳤고, 일부러 옷걸이에 부딪히기도 했다.

기괴하고 섬뜩한 장면이었다. 최슬기는 그러는 사이에 중간중간 숨이 넘어갈 듯 웃기까지 했다. 주먹으로 얼굴을 때리는 데 한계가 왔는지 다시 아령을 들고는 자기 코를 후려쳤다. 이번에는 아픔을 참지 못한 듯 침대로 비틀거리며 다가가 거기서 뒹굴었다. 검은색 피가 최슬기의 코에서 쏟아졌다. 그는 그 피를 자기 옷 여기저기에 발랐다. 다음 순간, 최슬기는 멍하니 정면을 보면서 한참을 가만히 있었다.

'뭘 보는 거지?'

박 순경은 최슬기의 시선을 따라 눈을 돌렸다. 거기에는 전신 거울이 있었다. 거울 속 자신의 모습을 뚫어지게 바라보던 최슬기는

Not Alone

다시 웃음을 터트리다가 끝내 울기 시작했다. 오랜 시간 울던 최슬기는 갑자기 벌떡 일어나 현관으로 달려갔고 동영상은 거기서 끝났다.

"다 봤냐?"

민 경장이 다가오며 물었다.

"네. 그런데 왠지 무섭네요."

"그렇지? 최슬기가 오자마자 난 그 반지하로 갔어. 어차피 살인은 일어나지 않았겠지만 그래도 이번에는 CCTV가 있으니 그 영상을 확보하려 했지. 내가 설치해 준 거야. CCTV. 그런데 나도 영상 보니까 영 찜찜하더라고."

"그러면 이번에 사라진 인격은 가이거인가요?"

"그렇지. 본인 입으로 가이거를 죽였다고 했으니 이제 그 인격은 사라진 게 되겠지. 아마 한동안은 나미수로 살다가 또 다른 인격을 만들어 낼 거야. 부모님 말씀으로는 공부도 잘하고 쾌활했다는데 공무원 시험 준비한다고 혼자 서울에 올라온 후로 이상해졌대. 외롭고 힘들다는 이야기를 입에 달고 살더니 어느 날부턴가 친구가 생겼다며 좋아해서 안심했다는 거야."

"그 친구라는 게 다른 인격이었겠네요."

"그렇지. 외로움이 허깨비를 만들어 낸 거야."

"절대 모습을 드러내지 않는 마지막 인격은 누구일까요?"

"교수님도 모르는 걸 내가 어찌 알겠냐? 우린 일단 최슬기를 병원에 데리고 가야 해. 다친 부위 치료도 받아야 하고 하룻밤 입원도 시켜야 하거든. 신기하게도 내일이 되면 싹 다 잊어버려. 다시 나미수로 돌아가는 거야."

잠시 후 두 사람은 뒷좌석에 최슬기를 태우고 경찰서를 나섰다. 최슬기는 피곤했던지 타자마자 잠에 빠져들었다.

"참! 그 앱 있잖아요. Not Alone이라는 앱. 그건 진짜로 있는 건가요?"

운전을 하며 박 순경이 물었다.

"응. 있지. 나도 소문으로만 들었는데 요즘 젊은 애들 사이에서 인기가 엄청나다고 하던데? 넌 젊은 애가 그것도 몰라?"

"저 이제 막 발령받았잖아요. 그전까진 시험 준비하느라 세상과 담을 쌓았다니까요."

"독한 놈. 아무튼, 빨리 병원에 맡기고 우린 국밥이나 한 그릇 하자. 어때?"

"민 경장님. 이건 진짜 가정인데요, 그러니까 제 개똥 같은 추리, 아니 망상인데요, 최슬기 씨가 진짜 거짓말을 한 거라면 어떻게 될까요?"

"갑자기 그게 뭔 소리야?"

"실제로 누군가를 죽였는데 해리성 정체성 장애인 행세를 해서 수사망을 피한 거죠. 한 달에 한 번씩 그걸 계속 반복해 왔다면? 엄청난 연기력으로 부모님은 물론이고 경찰들까지 다 속인 거라면? 아까 들어 보니 성대모사를 잘하더라고요. 그럼 연기도 잘하지 않을까요? 그러니까 본명이 최슬기인 이 사람은 해리성 정체성 장애 환자가 아닌 연쇄 살인마인 거죠. 어때요? 제 추리가."

"딱 여섯 글자로 말해 줄게. 추리가 구리다. 어때?"

"흐흐흐. 아무래도 그렇죠? 경찰 되겠답시고 이상한 추리물을 너무 많이 봤나 봐요!"

Not Alone

"아서라. 우린 홈즈도 아니고, 코난도 아니고, 김전일도 아니야. 그냥 몸으로 열심히 뛰는 게 우리의 미덕인 거 너도 알지? 흐흐흐."

"첫날 와 보고 바로 알았습니다! 흐흐흐."

경찰차 안에서 두 사람은 낄낄거리며 웃었다.

그랬기에 둘 중 누구도 발견하지 못했다.

실눈을 뜬 채 자신들을 노려보는 최슬기를. 그는 상의 주머니에 넣어 온 미용 가위를 만지작거리며 생각했다.

어떻게 할까? 크크크.

보증금 돌려받기

조예은

보증금 2000에 월세 45, 관리비는 별도 5만 원. 계약
만기일까지는 두 달이 조금 안 되게 남았다. 2주 전쯤 미리 말했으니,
법적으로 세입자가 집주인에게 방을 빼겠다고 통보해야 하는
기간은 충분히 지켰다. 그러므로 성아가 보증금을 돌려받는 것에는
아무런 문제가 없다. 없어야 했다. 분명히 그랬다.

*

　　지방에 있는 본가로부터 전화가 온 건 바로 어제였다. 엄마는
동생 재수 학원 등록을 해야 한다면서 보증금 2000 중 500을 빼
달라고 통보했다. 애초에 보증금은 빌린 것이나 마찬가지였으니
딱히 할 말은 없었다. 성아는 알겠다 답하고 전화를 끊었다. 이사
갈 집의 보증금이 1500으로 줄었다. 그렇다는 건, 벽지에 곰팡이가
피거나, 불법 증축된 건축물인 탓에 창틀이 휘거나, 날파리와
바퀴벌레가 꼬이는 집으로 이사 가게 될 확률이 높아졌음을

의미했다.

　지금 사는 집도 만족스러운 건 아니었다.

　그가 사는 빌라, '해피하우스'는 유흥가의 한가운데에서
뻗어 나온 골목의 초입에 위치한 탓에 밤이면 술 취한 이들의
고성방가와 온갖 욕설이 쉬지 않고 들려왔으며, 아침 6시까지
문을 닫지 않는 술집과 모텔의 간판들 때문에 불을 꺼도 방 안이
완전히 어두워지지가 않았다. 암막 커튼을 사서 달았지만 커튼은
소음까지는 차단하지 못했다. 그런가 하면 낮에는 굴속처럼 해가
하나도 들지 않았는데, 입주와 동시에 30미터도 안 되는 간격을
두고 또 다른 원룸 건물이 지어졌기 때문이었다. 성아는 아침에 눈을
떠도 밤과 그다지 다름없는 침침한 내부에 심란한 기분으로 하루를
시작하곤 했다.

　햇살과 함께 눈을 뜬 게 언제더라? 그나마 이직 준비로 워낙
바빠 낮에 집에 있을 시간이 없다는 게 다행이라면 다행이었다.
다음 집은 무조건 해가 잘 드는 집으로 고를 것이다. 집이 좀 더 작고,
지하철역에서 좀 많이 멀고, 벽지가 더 누렇고, 엘리베이터가 없다
하더라도 해가 잘 드는 집을 구할 것이다. 보증금이 크게 줄었으나
햇빛만은 포기할 수 없었다.

　내일은 새 집을 알아봐야지. 오후에는 면접 스터디와
아르바이트가 있어서 일정이 촉박했다. 다음 날 일정을 체크한 뒤
휴대폰 알람을 맞추고 침대에 누웠다. 팔을 뻗어 장스탠드 조명을
끄고 눈을 감았지만 잠은 쉽사리 오지 않았다. 평일임에도 창밖은
누군가 구토하는 소리와 노랫소리로 가득했다. 계속되는 소음이

잔뜩 곤두선 신경을 갉아먹는 것 같았다. 제발 좀 닥쳤으면, 하고
성아는 생각했다.

개새끼들, 제발 다 좀 닥쳤으면.

하지만 그럴 일은 없다는 걸 안다. 지긋지긋한 저 소리들은
밤새 계속될 것이다. 줄어들지 않고 집요하게 잠을 방해할 것이다.
뒤척이던 성아는 결국 일어서서 조명을 켰다. 커튼을 걷어 밖을 보니
남녀 네댓이 모여 깔깔 웃고 있었다. 뭐가 그리 재밌는지 둥글게
서서 가운데에 놓인 물체를 발로 툭툭 건들고 있었는데, 담배를
입에 문 얼굴이 멀리서 봐도 성인이라기엔 앳되어 보였다. 머릿속에
112라는 숫자가 스쳐 지나갔다. 준법정신이 투철해서라기보다는,
경찰을 불러서 저들이 사라지면 소음이 좀 덜해지지 않을까 하는
마음이었다.

협탁 위에 올려 둔 핸드폰으로 팔을 뻗었을 때였다. 갑자기
전화벨이 울렸다. 왁자지껄한 바깥 소음들을 뚫고 울리는 기본 음
벨 소리가 유난히 날카로웠다. 액정에 뜬 발신자는 뜬금없게도
집주인이었다. 지금은 자정이 가까운 시간이다. 이 시간에 전화를
거는 게 상식적으로 말이 되나? 물론 이 집은 낮보다는 밤이
시끄러운 곳이긴 했다….

거기까지 떠올린 성아는 문득 깨달았다. 창밖이 갑자기 쥐
죽은 듯 고요해졌다는 사실을. 음악 소리도, 술 취한 이들의 웃음과
고함과 욕설도, 자동차의 경적 소리조차도 들리지 않았다. 고요가
반갑지 않은 것은 이게 비현실적인 상황이라는 걸 알기 때문이다.
조금 진까지 들려오면 소음이 삽자기 사라진다니. 이곳은 도심 속
유흥가의 한복판이었다. 손끝이 차가워짐과 동시에 입안이 바싹

말랐다. 낯설고 차가운 공기가 목덜미를 어루만지는 것 같았다. 성아는 더 이상 벨이 울리지 않는 휴대폰을 내려놓고 다시 암막 커튼 앞에 섰다. 이 고요의 원인을 알아내야 했다. 그는 묵직한 천을 걷어 틈새 사이로 밖을 내다보았다.

눈이 마주쳤다. 열 개의 까만 눈동자가 정확히 창 안쪽의 자신을 향하고 있었다.

그 상태로 굳어서 꼼짝도 할 수 없었다. 좀 전까지만 해도 저들끼리 담배를 피우고 침을 뱉고 깔깔 웃다 욕설을 지껄이던 남녀 다섯이 여길 보라는 듯이 성아를 직시하고 있었다. 똑같은 각도와 똑같은 표정과 똑같은 눈동자로. 희뜩한 다섯 개의 얼굴은 사방에서 비추는 네온사인의 불빛이 번져 기묘할 만큼 알록달록했다.

성아는 암막 커튼 자락을 쥔 채 간신히 뒷걸음질 쳤다. 맨 앞에 선 단발머리의 여자애가 양 입꼬리를 주욱 올려 웃는 게 보였다. 다음 장난감을 고른 어린애처럼 천진한 웃음이었다. 그러고서 여자애는 몸을 틀어 어디론가 팔랑거리며 뛰어갔다. 성아가 사는 빌라, 해피하우스의 현관 앞이었다. 그러자 무리의 다른 애들도 전처럼 와자지껄 웃고 떠들며 현관 앞으로 몰려갔다. 발끝이 저리고 손바닥이 축축해졌다. 이 빌라의 1층은 기둥식 주차장이고 그 안쪽에 현관이 있어서 창문으로 내다보아도 현관이 보이지 않는다. 다행히 문은 비밀번호로 잠겨 있었다. 누군가 나오거나 들어가지만 않는다면 저 무리가 이 건물 안으로 들어올 수는 없을 것이다. 성아는 핸드폰에 112를 띄워 놓고 침대 위에 올라 이불을 뒤집어썼다. 이 지랄 맞은 동네는 왜 이 모양일까? 늘 취객이 비틀거리고, 길에는 토사물들 범벅에, 아무렇지도 않게 담배를

보증금 돌려받기

피우며 걷고 지나가는 사람을 위아래로 훑어보는 이들투성이다. 그것도 모자라서 이제는 정체 모를 취객 무리까지 잠을 방해한다. 도저히 잠들 수가 없었다. 내일 일찍 일어나야 하는데…. 그래야 새 집을 구할 수 있는데. 해가 잘 들어오고 벽지에 곰팡이가 덜 생기는 새 집을.

[딩동, 현관에서 호출이 왔습니다.]

초인종 소리가 들렸다. 분명 좀 전의 어린 취객 무리일 것이다. 무시하자. 성아는 이불 안으로 더 깊숙이 파고들었다. 딩동, 현관에서 호출이 왔습니다, **딩동 현관에서 호출이, 딩동 현관에서, 딩동딩동딩동**. 초인종 소리는 멈추지 않았다. 그런데 저들은 내가 사는 집이 205호라는 걸 어떻게 안 거지?

성아는 저도 모르게 숨을 참았다. 아까 본 여자애의 얼굴이 잔상처럼 머릿속에 떠다녔다. 이 세상의 것이 아닌 것 같으면서도 너무나 흔하게 볼 수 있는 얼굴이라 스스로가 본 게 실존하는 얼굴이 맞는지조차 헷갈렸다. 성아는 떨리는 손으로 화면 보호 모드에 들어간 핸드폰을 켰다. 여전히 액정에는 112가 떠 있었다. 통화 버튼을 누를지 말지 고민하는 그 순간이었다. 손안의 핸드폰이 진동했다. 액정 위에 뜬 발신자는 또다시 집주인이었다.

그리고 거듭 울리는 초인종 소리. 빌라 현관이 아닌 집 앞에서 나는 초인종 소리였다. 심장이 곤두박질치는 것 같았다. 바깥의 취객들이 빌라 안까지 들어오고야 만 것이다. 결국 계속해서 걸려오는 집주인의 전화를 끊고 핸드폰 자판을 눌렀다. 어차피 원룸의 저 둔박한 철문은 자신 이외에는 아무도 열지 못한다. 문밖에서 횡설수설하는 인기척과 말소리가 들려왔다. 인기척을 내기 싫어 전화 대신 문자로 신고를 했다. 무단 침입 혹은 소음 혹은… 모르겠다. 어쨌든 낯선 이들이 집에 들어오려고 한다는 것은 확실했으니까. 얼마 지나지 않아 경찰에게서 출동하겠다는 답변이 왔다. 성아는 그제야 핸드폰을 쥐고서 문 앞으로 다가갔다.

입주 당시 곳곳에 녹이 슬어 있던 탓에 직접 페인트칠을 한 철문은 연식을 나타내듯 문 한가운데에 바깥을 볼 수 있는 구멍이 뚫려 있었다. 성아는 구멍에 눈을 맞추었다. 건장한 체격의 남자 둘이 서 있었고, 복도 조명이 어두워 얼굴이 잘 보이지 않았다. 아까는 분명 다섯이었는데. 나머지는 어디에 있지?

그때였다. 쾅, 쾅, 쾅. 밖에 선 괴한이 이번에는 보란 듯이 철문을 두드렸다. 그 소리에 놀라 뒷걸음질을 치다가 발이 꼬여 넘어지고 말았다. 핸드폰이 둔탁하게 떨어지는 소리가 났고, 성아의 입에서 반사적으로 짧은 비명이 튀어나왔다. 분명 문 너머로 소리가 새 나갔을 것이다. 초조하게 시간을 확인했다. 경찰에 신고를 한 지 고작 3분밖에 지나지 않았다. 문밖에는 기묘한 정적이 나돌았다. 다시 일어서서 구멍 너머를 들여다보려는 그 순간, 익숙한 목소리가 들려왔다.

"학생! 왜 전화를 안 받아! 내가 몇 통을 걸었구만. 안에 있는 거 다 아는데, 엉?"

집주인이었다. 성아는 뒤늦게 정신을 차리고서 현관문과 마주 보고 있는 베란다 창밖을 확인했다. 거리에는 아무도 없었다. 거리는 믿을 수 없을 만큼 고요했다. 혹시 집주인이 건물 안으로 들어오면서 괴한들도 같이 침입한 건 아닐까. 방심하면 안 된다. 직전까지 벌어진 일이 너무 이상한 탓에 이 시간에 집주인이 방문했단 사실은

보증금 돌려받기

아무렇지도 않게 여겨졌다. 집주인은 계속 문을 열라며 재촉했다. 발음이 새는 게 술을 마신 듯했다. 성아는 문 너머로 물었다.

"이 시간에 왜 오셨어요?"

"집 내놨잖아! 새 세입자를 구해야 학생 보증금도 내주고 할 거 아냐. 내가 오늘 고향 친구 녀석이랑 술을 마셨는데 얘가 지네 아들 자취방을 구한다더라고. 그래서 집 보여 주러 왔지. 먼 길 오셨으니까 빨리 문 열어 봐."

너무 어두운 집에 사는 나머지 오전과 오후를 헷갈리고 있는 건가. 시간을 확인해 보니 자정에서 정확히 15분이 지나 있었다. 이 시간에 집을 보러 왔다고? 집주인은 지긋한 60대 노인이었고, 집주인이 데려온 친구도 그쯤으로 보였다. 아무리 집을 보여 주는 게 세입자가 할 일이라 해도 이 시간에 이러면 안 되는 것 아닌가.

문득 집주인에게서 전화가 걸려 온 그때부터, 모든 게 이상해진 것 같다는 생각이 들었다. 그 벨 소리 때문에 이상한 놈들이 자신을 발견했고, 초인종을 누르며 위협했다. 지금 문밖에 선 두 명의 취객도 자신을 위협한다는 점에서 그놈들과 다를 바 없었다. 집주인은 계속 문을 두드리며 집을 보여 주라고 소리쳤고, 이윽고는 방이 나가지 않으면 보증금을 돌려줄 수 없다며 고래고래 악을 질러 댔다. 성아는 귀를 막고 현관 앞에 주저앉았다.

모든 상황이 악몽 같았다. 경찰은 그러고서도 10분이 더 지난 후에야 도착했다. 집주인과 집주인의 고향 친구라는 남자는 술이 떡이 된 채로 성아의 집 앞에 널브러져 있었다. 손수 집주인의 사모에게까지 전화를 건 후에야 고요가 찾아왔다. 그 모든 일을 끝냈을 때는 새벽 1시를 조금 넘긴 시점이었다. 끔찍하고 긴

밤이었다. 지금 당장 잠든다 하더라도 다섯 시간 남짓밖에 자지 못할 것이다. 성아는 암막 커튼을 꼼꼼히 닫고 귀마개를 한 뒤, 이불을 머리끝까지 뒤집어쓴 채 눈을 감았다. 몸은 곧 녹아내릴 것처럼 피곤한데 잠은 오지 않았다.

그는 눈을 감은 채, 조금 전에 경찰과 나눈 대화를 떠올렸다.

"요새 그런 신고 엄청 많아요."

집주인 말고도 누군가가 자신의 집에 들어오려고 했던 것 같다, 그러니 CCTV를 한 번만 확인해 달라는 성아의 부탁에 경찰이 한 대답이었다. 경찰은 흔하고 흔한 일이라며 덧붙였다.

"이 일대가 다 먹고 마시는 거리인데, 술 취한 사람들이 애먼 집 찾아가서 들여보내 달라고 생떼 부리는 게 하루 이틀 일도 아니고…. 그냥 그러려니 하는 게 편합니다. 뭐, 되도록 늦게 다니시지 말고."

거기까지 말한 경찰은 성아를 힐긋 쳐다본 후 현관 CCTV 아래에 적힌 업체 번호로 전화를 걸었다. 성아는 초조하게 기계의 렌즈를 응시했다. 유난이라는 듯한 경찰의 말이 신경 쓰였으나, 더 이상의 소란을 만들지 않고 그냥 빨리 괴한의 정체들을 확인하고 싶었다. 하지만 경찰은 이내 휴대폰을 내려놓았다. 성아가 그를 바라보자 경찰은 푸핫, 웃으며 답했다.

"이거 짜가리네."

"네?"

"저 CCTV, 가짜로 기계만 달아 놓은 거예요. 가끔 이런 데 있어요. 관리비 많이 나가니까 가짜 진짜 섞어서 달아 놓거든. 전화 거니까 무슨 청소 업체가 받네. 가짜니 찍혀 있는 건 없을 거고… 집주인하고 잘 얘기해 보세요. 진짜 카메라로 달아 달라고 꼭

보증금 돌려받기

하시고요. 혼자 살수록 이런 거 야무지게 잘 챙겨야지."

뭐라 내뱉을 말이 없었다. 분명 계약 당시 집주인은 보안
하나는 걱정 말라고 강조했었다. 성아가 굳이 이 집을 고른 이유도
그 때문이었다. CCTV를 관리하는 금액이 너무 많이 나간다며
관리비를 7만 원으로 부른 탓에 2만 원을 깎느라 온갖 기 싸움을
치렀는데 저게 가짜라고. 그 사실을 계약 기간이 끝나는 2년 뒤에야
알았다. 집을 내놓은 이 시점에 말해 봤자 저 집주인이 새 카메라를
달아 줄 리는 만무했다. 경찰은 집주인과 그의 친구가 속 편히 잠든
경찰차 안으로 몸을 밀어 넣으며, 뭔가 떠오른 듯이 성아를 향해
말했다.

"아, 이건 별 관계 없는 일이긴 한데… 얼마 전에 요 앞 대로에서
픽치기 사건 있었거든요. 한두 달인가 전에도 비슷한 사건이
일어나서 수사 중이에요. 뭐, 그러니까 아가씨도 술 너무 많이
마시지 말고, 웬만하면 밤늦게 돌아다니지 마시라고."

얼결에 고개를 끄덕인 후, 고개를 숙여 인사까지 했다. 경찰은
피곤한 얼굴로 떠났다. 그런데 그 말이 계속 머릿속을 맴도는
것이다. 술에 취했던 건 집주인이고 자신은 방에서 공포에 떨었을
뿐인데 왜 나에게 굳이 그런 말을 하는 거지? 성아는 암세포처럼
자꾸 증식하는 생각을 멈추기 위해 노력했다. 지금 가장 중요한 건
줄어든 보증금으로 새 집을 구하는 것이다. 눈을 감고서 통장 잔고와
적금 만기 이자를 계산했다. 다달이 나가고 있는 월세와 앞으로 또
나가게 될 월세를 계산했다. 그러자 이번에는 집주인이 취한 와중에
지껄인 말이 걸렸다.

방이 나가지 않으면 보증금을 돌려줄 수 없다는 말.

그는 어둠 속에서 눈을 깜빡였다. 쓸데없는 생각은 그만하고 이젠 정말 잠을 자야 했다. 눈을 감고서 숫자를 세는 대신 원하는 방의 모습을 하나둘씩 상상했다. 장판이 아닌 마룻바닥과 누렇지 않은 벽지와 수압이 좋은 화장실. 그리고 해가 잘 드는… 창밖에서 또다시 취객의 고함 소리가 들려왔다.

*

그 방은 마음에 아주 쏙 들었다. 서울의 중심에서는 더 멀어졌지만 근처에 유흥가가 없어 조용했다. 무엇보다 집이 남향이었고, 창이 컸다. 방은 전에 살던 집보다 훨씬 좁았으나, 맑게 쏟아지는 오전의 빛 덕에 아늑한 기분까지 들었다. 성아는 곧장 창 앞에 서서 맞은편을 확인했다. 빌라의 건너편에는 지은 지 수십 년은 된 듯한 주택들이 줄지어 있을 뿐이었다. 해를 막을 어떤 요소도 없었다. 지금 당장이라도 그 방에 들어가 살고 싶었다. 성아가 마음에 드는 기색을 숨기지 못하자, 부동산 중개인은 기다렸다는 듯이 조건을 말했다. 반전세 불가. 보증금 2000에 월세는 40. 관리비는 별도.

나쁘지 않은 조건이었다. 보증금이 부족하지만, 그간 알바를 하며 부은 적금을 깨고 청년들을 위한 대출을 찾아보면 어떻게든 메울 수 있을 것 같았다. 심지어 월세는 원래 살던 집보다 5만 원이나 저렴했다. 집을 보러 다닌 지 하루도 되지 않아서 이렇게 마음에 드는 집을 발견하다니. 운이 좋았다. 지금 사는 집에서 벗어나기만 하면, 새 집으로 이사를 가면 모든 일이 다 잘 풀릴 것만 같은 기분이 들었다. 이직도, 지방에 계신 부모님과 철없는 남동생의 일도 전부.
성아는 중개인을 통해 이사가 가능한 날짜와 계약금에 대해서,
그리고 계약서를 쓰는 시점에 대해서 이야기를 주고받았다. 모든 게
신기하리만치 딱 맞아떨어졌다. 이사 날짜를 확정한 뒤 학원 수업이
시작할 때까지 시간이 남아 대출에 관해서도 알아보았다. 예상대로,
어렵지 않게 비는 금액은 구할 수 있을 것 같았다. 대출 이자는
나가겠지만 월세가 5만 원 줄었으니 결과적으로는 비슷하다.
전날의 불쾌한 일들이 액땜이라고 느껴질 만큼 수월하기만 한
하루였다.

　　스터디가 끝난 시간은 밤 10시였다. 40분 동안 지하철을 타고
꾸벅꾸벅 졸며 돌아와 내리자마자 그가 마주한 장면은 역 내
쓰레기통에 구토를 하는 취객이었다. 눈을 마주치지 않으려 애쓰며
역을 나와 유흥가를 가로질렀다. 네온사인이 번쩍이는 나이트클럽
앞으로 온갖 멋을 낸 이들이 얽혀 있었다. 그들을 스쳐 지나가는데
묘한 기시감이 들었다. 성아는 고개를 돌려 클럽 앞에 선 무리를
바라봤다. 앳된 얼굴에 단발머리. 자신과 눈이 마주쳤던 바로 그
얼굴이었다. 서둘러 땅에 고개를 처박고 걸음을 빨리했다. 클럽이
있는 구간을 지나 빌라가 있는 골목으로 방향을 틀었다. 평소보다
유난히 어두컴컴했고, 사람이 없었다. 입안이 바싹바싹 말랐다.
　　빌라 앞에 다다랐을 때였다. 현관 앞에 선 무리가 보였다. 누렇게
빛나는 센서 등 아래로 단발머리가 눈에 띄었다. 성아는 그 상태로
멈춰 섰다. 둥글게 선 인영들. 분명 그날 밤의 괴한들이 맞았다. 왜
저기에 있는 거지? 설마 자신이 나타나기를 기다리고 있었던 건가?

머릿속이 엉망이었고 공포에 질린 몸은 마음대로 움직여 주지를
않았다. 도망쳐야 했다. 하지만 어디로? 지나온 거리가 안전하다는
보장이 있나! 갈피를 잡지 못하고 서성이는 기척에 무리 중 누군가가
뒤를 돌아보았고, 성아는 그대로 눈을 질끈 감았다. 이쪽으로
다가오는 발소리가 들렸다.

　"이번에 이사 가는 분이죠? 다름이 아니라…"

　낯설지만 정중한 목소리였다. 그는 조심스레 눈을 떴다. 희뜩한
얼굴의 단발머리가 아닌, 후드 티를 뒤집어쓴 옆집 세입자였다.
그제야 시선을 돌려 다른 이들의 얼굴을 확인했다. 모여 있던 이들은
성아와 같은 건물에 사는 이웃들이었다. 3층에 혼자 사는 아저씨와
4층에 사는 학생. 어째서 헷갈린 걸까. 성아에게 다가온 옆집 여자가
현관 앞의 CCTV를 가리키며 말했다.

　"저거 가짜라면서요. 경찰이 얘기하던 거 들었어요. 집주인한테
바꿔 달라고 정식으로 요구하려구요. 아니, 아무리 돈만 밝히는
인간이라지만 어떻게 그런 거짓말을 쳤대요? 덕분에 알아서
다행이에요. 그렇지 않아도 요새 이 동네 사건 사고도 많은데."

　성아는 고개를 끄덕였다. 그 뒤로 집주인에게 항의를
하겠다느니, 주민 회의라느니 그런 말을 들었던 거 같은데 곧 이사를
가게 될 성아와는 상관없는 일이었다. 성아가 안으로 들어가고
싶어 하는 기색을 보이자, 나와 있던 세입자들 중 누군가가 오늘은
여기까지 이야기하고 들어가 쉬자며 상황을 종료시켰다. 몇몇은
엘리베이터를 탔고, 몇몇은 담배를 사 오겠다며 편의점으로 향했다.
성아는 아까 현관에서 처음 말을 걸어 온 여자와 함께 계단을
올랐다. 둘만 남게 되자, 여자가 어색함을 참지 못한 듯 말했다.

보증금 돌려받기

"그, 보증금은 미리 얘기했어요?"

"네. 이사 간다는 건 한참 전에 알렸는데, 집주인이 말을 이상하게 하네요."

"그 사람 원래 그래요. 제 친구도 여기 살았었는데 방 뺄 때 고생했어요. 진상도 그런 진상이 없어. 제일 중요한 건, 집 비밀번호 안 알려 주는 거예요. 절대 알려 주지 마요. 보증금 줄 때까지 짐 안 뺀다고 버티고. 알겠죠?"

성아는 고개를 끄덕였다. 밝다 못해 푸르게 느껴지는 백열등 센서 아래에서 여자는 무척 희어 보였고, 뒤집어쓴 후드 아래로 삐죽 튀어나온 머리카락은 단발이었다. 요 근래 너무 무리했나. 별 사소한 일에도 신경이 곤두서는 기분이었다. 하지만 이 짓도 얼마 남지 않았다. 해가 잘 드는 집으로 이사를 가면, 모든 게 괜찮아질 터였다. 엘리베이터는 4층에 멈춰 있었다. 성아는 여자에게 간단히 인사한 후 방으로 향했다.

*

2년 전, 학교 기숙사에서 나와 처음으로 자취방을 구할 땐 무엇을 주의 깊게 봐야 하는지 하나도 몰랐다. 인터넷으로 수도 없이 검색을 하고 갔지만 막상 중개인에게 이끌려 정신없이 이 집 저 집을 돌다 보면 그 집이 그 집인 것 같았다. 지금 사는 집은 개중 리모델링을 해서 제일 깨끗했고, 집주인이 보안을 강조했으며 무엇보다 그가 좋은 사람 같아 보였다. 지금에야 계약 직전의 '사람 좋아 보이는' 얼굴이 아무 부질 없다는 것을 알지만 어렸던 성아는 다른 무엇보다 좋은 집주인을 만나는 게 제일 중요하다고 생각했다. 집을 본 시간이 낮이었던 탓에 근처의 유흥 골목은 쥐죽은 듯 조용했다. 그곳은 오후 6시부터 영업을 시작하고 새벽 1시에서 4시 사이가 피크 타임인 업소가 즐비한 거리였다. 물론 중개인이나 집주인은 그런 사항에 대해서는 한 마디도 해 주지 않았다.

이 집에 먼저 살고 있던 사람이 이상할 만큼 초조해 보였다는 사실이 떠오른다. 또래의 남학생이었는데, 중개인이나 집주인 못지않게 성아를 쫓아다니며 적극적으로 집의 좋은 부분들을 어필했다. 집주인의 아들인 줄로 착각할 정도였다. 그 남자는 왜 그렇게 열심이었을까. 당시에는 그리 깊게 생각하지 않았던 이유를, 지금에서야 알 것 같았다.

"미리 말씀드렸잖아요. 집이 나가야 보증금을 준다는 게 무슨 말인데요? 그럼, 이사하는 날까지 집이 안 나가면 안 주겠다는 말이에요? 저도 잔금을 치러야 하는데."

[내가 일부러 안 주는 것도 아니고, 없어서 못 주는 거잖아 학생. 그러니까 집이 잘 나가게 언제 집을 보러 오든 잘 보여 주고 그래야지. 오늘도 집이 비어 있어서 허탕 쳤어. 전화를 해도 받지 않을 거면 비밀번호라도 알려 줘야 할 거 아냐?]

오후에는 내내 학원 수업과 스터디가 있으므로 전화를 매번 받기는 힘들었다. 번호를 알려 주면 편하겠지만, 혼자 사는 집에 누군가 마음대로 오고 간다는 것이 불안했다. 더군다나 집주인은 바로 하루 전에 세입자 집으로 찾아와 행패를 부린 인간 아닌가. 뿐만 아니라 끝내 정체를 알 수 없었던 단발머리 여자애와 그

보증금 돌려받기

무리도 마음에 걸렸다. 그렇다고 매번 번호를 바꿀 수도 없는 일이었다.

성아가 반박하자 집주인은 더욱 뻔뻔한 태도로 집이 나갈 때까지 보증금은 못 준다며 전화를 끊었다. 눈앞에 가계약을 걸어 둔 방이 선명히 그려졌다. 은행에서 아무리 돈을 융통해도 집주인에게 보증금을 제때 받지 못하면 새 방은 물론 계약금까지 날아가는 것이다. 머릿속이 희게 물들었다.

이게 말이 되나? 자신은 분명 세입자로서 지켜야 할 것들을 전부 지켰다. 햇빛 한 점 들지 않는 이 뭣 같은 집에서 계약 기간을 맞춰 살았다. 집주인이 행패를 부리고 사소한 기기 하나 고쳐 준 것 없어도, 가짜 CCTV를 달아 놓아도 아무 말 하지 않았다. 그런데 집주인은, 제날짜에 보증금을 돌려준다는 가장 기본적인 약속조차 지키지 않겠다고 당당하게 말하고 있는 것 아닌가.

성아가 집을 보러 오는 사람들을 나서서 쫓아내지는 않았다. 아무리 바쁘고 정신이 없어도, 이른 오전이나 아르바이트가 끝난 늦은 시간에도 누군가 집을 보러 온다고 하면 문을 열어 줬다. 그중에는 여자 혼자 사는 거냐며 쓸데없는 질문을 던지거나 마음대로 서랍을 열어 보는 기분 나쁜 인간도 있었다. 그래도 어쩔 수 없었다. 집을 많이 보여 줘서 하루빨리 새로운 세입자를 구해야, 무사히 보증금을 돌려받을 확률이 높아지니까. 솔직히 할 만큼 했다고 생각한다. 아니, 이 이상 할 수 없을 정도로 했다. 전화를 끊은 후 성아는 웅크려 앉았다. 소리를 지르고 싶었다. 머리카락을 쥐어뜯고 욕을 내뱉고 싶었다.

창밖으로 쓰레기 수거 차량이 지나갔는지 시큼한 악취가 코를 찔렀고, 성아는 작게 열어 둔 창문을 닫기 위해 앞으로 다가갔다. 그리고 또다시 보았다. 저들끼리 모여 깔깔 웃고 떠들며 뭔가를 발로 쳐 보는 무리를. 기괴하리만치 시끄럽고 두려울 만큼 불쾌해서 어딘가 이질적으로 보이는 존재를. 그런데 이상한 일이었다. 전처럼 저것들이 대수롭게 여겨지지 않았다. 머릿속에 피곤에 찌든 경찰의 목소리와 함께 몇 가지 단어가 스쳐 지나갔다. 취객과 퍽치기, 누구나 될 수 있고 누구나 당할 수 있는 것, 나이트클럽과 모텔들, 구토의 흔적과 욕설…. 하지만 지금 중요한 건 그런 게 아니다. 보증금, 중요한 건 오로지 보증금뿐이었다.

성아는 창밖을 빤히 응시했고, 무리 중 이쪽을 돌아본 누군가와 눈이 마주쳤다. 이전에 성아를 보고 웃었던 단발머리였다. 단발머리는 그때처럼 입꼬리를 길게 찢어 웃었고, 성아는 피하지 않고 그 모습을 바라보았다. 단발머리가 꼭 성아에게 보라는 듯이 자신의 등 뒤를 턱짓했다. 그가 가리키는 쪽을 바라보았다. 저 기이한 이들을 목격한 첫날부터, 저들은 둥글게 모여 뭔가를 건들고 있었다. 단발머리가 몸을 약간 비키자, 뒤쪽의 풍경이 성아의 시야에 닿았다. 깜빡이는 가로등 아래로 그들이 둘러싸고 있던 물체의 정체가 보였다.

그것은 머리였다. 피를 흘리고 있는 남자의 머리. 머리 아래로는 힘없이 널브러진 몸뚱이가 있을 것이다. 이 동네에서 주기적으로 퍽치기 사건이 벌어진다는 소문이 떠올랐다. 남자를 둘러싼 이들은 남자의 양복을 이리저리 들춰 보고, 정신을 차리지 못하는 얼굴을 운동화로 툭툭 쳐 댔다. 뒤늦게 신고를 해야 한다는 생각이 들었지만 선 채로 가위에 눌린 것처럼 손끝 하나 움직일 수가 없었다.

보증금 돌려받기

단발머리 여자애가 빙긋 웃었다. 그러고는 뒤돌아서서 남자의 팔 앞에 다리를 굽혀 앉았다. 단발머리가 그 상태로 고개를 처박자 다른 이들도 하나둘 남자의 몸뚱이에 고개를 처박기 시작했다.

눈앞에 펼쳐지는 풍경은 오래된 필름 영화의 한 장면처럼 멀게 느껴졌고, 실제라고 믿기 힘들었다. 저들은 남자를 말 그대로, 뜯어 먹고 있었다. 며칠은 굶은 사람처럼 게걸스럽게 뜯어 먹고 있는 것이다. 저들이 살점을 뜯고 근육을 씹고 쩝쩝거리며 뼈를 바르는 소리가 바로 귓전에서 들려왔다. 순간 그런 생각이 들었다. 저것들은 이 동네에, 아니 이 도시에 아주 오래도록 살아온 것들이 아닐까. 어쩌면 도시가 사라지지 않는 한 앞으로도 영원히 존재할 것들.

가로등은 계속 깜빡거렸고, 대로에서는 여전히 온갖 음악과 클럽의 진동, 건배사와 욕설과 축가가 들려왔다. 평소와 다를 것 하나 없는 배경 안에서 펼쳐지는 장면이, 마치 도시란 이런 거라고, 어떤 일이 벌어져도 이상한 일이 아니며 너 역시 언제나 타깃이 될 수 있다고 외치는 듯했다. 성아는 무엇에 홀린 것처럼 그 장면을 응시하고 있었다. 공기에 쓰레기 냄새와 피 냄새가 뒤섞였다. 입안에서 진하고 비린 피 맛이 났다.

남자를 게걸스럽게 뜯어 먹던 여자가 불쑥 몸을 일으켰다. 그런 뒤에 경추가 튀어나오고 핏물이 뚝뚝 떨어지는 머리를 성아가 선 방향을 향해 들이밀었다. 성아는 누런 조명 아래에 비친 머리를 똑바로 보았다. 그 머리의 얼굴은 곧 자신의 얼굴이 되었다. 비참하게 잘린 머리가 자신을 보고 꺽꺽대며 웃었다. 그에 몸통을 뜯어 먹은 무리가 얼굴에 살점을 묻힌 채 와자지껄 웃음을 터뜨렸고, 성아는 꿈인지 진짜인지 모를 장면을 목격하자마자 정신을 잃었다.

다시 눈을 떴을 땐, 어느새 해가 들지 않는 아침이었다.

*

　　이사 날짜는 가까워졌지만 새 세입자는 구해지지 않았다. 어찌
보면 당연했다. 대부분의 세입자는 낮에 집을 보러 왔고, 놀라울
만큼 어두컴컴한 집에 놀라 표정을 굳혔으니까. 성아는 집주인에게
강하게 말했다. 보증금은 제때 돌려 달라고. 회유도 해 보고, 빌어도
보고, 집안사람 중에 법조계에 종사하는 사람이 있다며 법대로
진행하자고, 고소할 거라고 가진 것도 없는데 엄포도 놓아 봤다.
하지만 비슷한 빌라 몇 채를 굴리며 노후 자금을 마련하고 있는
집주인은 이런 일에 도가 터 있었고, 세입자가 고소를 해 봤자
싸움이 길어져 공연히 큰 비용과 노력을 들이게 된다는 걸 누구보다
잘 아는 사람이었다. 대부분의 세입자는 집주인의 비위를 맞추는
게 돈을 더 빨리 받을 수 있는 방법이라는 사실을 알았다. 성아는
그 사실을 조금 늦게 알았을 뿐이다. 인터넷을 뒤지고, 소액으로
신청 가능한 변호사 상담 서비스까지 받아 보았지만 결론은 다르지
않았다. 당장 돈이 필요한 성아가 할 수 있는 일은 집주인의 비위를
잘 맞추는 것 이외에는 없었다. 간절한 마음으로 들어갔던 '보증금
받는 법' 오픈 채팅방에는 한번 만나 주면 해결해 주겠다는 쓸데없는
말들만 가득했다. 그중 누군가 별생각 없이 내뱉은 말이 오래도록
기억에 남기는 했다.
　　[답이 없어요 답이. 몇억 전세면 또 몰라, 1000~2000 보증금
받자고 소송까지 가면 드는 돈이나 받을 돈이나 거기서 거길 텐데.

보증금 돌려받기

막말로, 깡패들 써서 묶어 놓고 돈 내놓을 때까지 패면서 협박하는
게 제일 효과 좋을걸요?]

　　이사 날짜가 다가올수록 피가 마르는 기분이었다. 집에서는
매일같이 언제 보증금 500만 원을 빼 줄 수 있으며 재취업은 어떻게
돼 가냐는 독촉 전화가 왔고, 집주인은 부동산을 통한 고객은 물론
자신의 지인들까지 끌고 와서 시도 때도 없이 문을 두드렸다.
비밀번호는 성아에게 있어 마지막 보루였다. 보증금을 내놓지
않으면 이사 날짜 이후에도 방을 빼지 않겠다고, 어떤 사람이 집을
보러 와도 절대 집 문을 열어 주지 않을 거라고 집주인을 향해
선전포고를 했다. 성아가 어떻게 나오든 집주인은 매번 같은 말을
반복할 뿐이었지만.

　　성아는 꼭 자신이 집을 보러 왔을 때 열정적으로 집을 칭찬하던
이전 세입자처럼, 집을 보러 온 이들에게 있지도 않은 좋은
점들을 하나둘 늘어놓았다. 낮에 정말 고요해요. 낮잠이 아주 솔솔
온다니까요. 수압도 좋고, 현관에 CCTV가 있어 안전하답니다. 이
건물 살면서 치안 걱정은 한 번도 안 해 봤어요. 차마 입이 떼어지지
않던 것도 하루 이틀이었다. 파도처럼 밀려들던 죄책감은 곧
사그라들었다. 그만큼 간절했다. 간혹, 그렇게 집이 괜찮으면 계속
살지 왜 이사를 가냐는 물음에는… 꽤 자연스러운 미소를 지으며
이렇게 답했다.

　　"제가 이번에 취업을 했거든요. 회사 가까운 곳으로 가요."

　　전 세입자 남자가 성아에게 했던 말을 그대로 읊었다. 그럼
사람들은 대부분 더 이상 자세히 캐묻지 않고 좋아했다. 이전에 살던
사람이 경사로 인해 이사를 간다는 건 터가 좋다는 뜻이라고 멋대로

해석하기도 했다. 과거에 성아 자신도 그랬다. 이제 와서 보니 의문이 든다. 남자는 정말로 취업을 했던 걸까? 진심으로 그랬으면 좋겠다. 그의 미래와 자신의 미래를 겹쳐 보기는 싫었지만, 그런 미약한 희망이라도 가지고 싶었으니까.

집을 몇 번이나 보러 온 사람이 있었다. 성아 또래, 혹은 성아보다 조금 어려 보이는 학생이었고, 한 번의 자퇴와 삼수 끝에 막 상경을 했다고 했다. 부동산에서는 곧 집이 나갈 것 같다며 고생했다는 듯이 성아를 향해 웃어 보였다. 집주인에게 보증금을 돌려받을 확률이 높아졌음에도 기분이 좋지만은 않았다. 학생은 매번 해가 지고 난 직후에 집을 보러 왔고, 부동산 중개인이 '낮에 해가 들지 않는다.'라는 말을 '창이 남쪽으로 나지 않아서 해가 덜 든다.'라고 돌려 말했기에 이 집의 열악함에 대해서는 완전히 알지 못할 터였다. 하지만 손수 학생에게 연락을 해 계약을 말릴 만큼 성아는 여유롭지 않았다. 이도 저도 아닌 찝찝한 기분에 사로잡혀 집이 나가기를 기다리며 며칠을 보냈다. 그 불편함을 성아는 곧 입주하게 될 새 집의 따뜻함으로 대체하고자 했다. 학원 쉬는 시간이나 자기 직전처럼 시간이 날 때면 방 꾸미기 어플에 들어가 원룸 인테리어를 찾아보았고, 실용적이고 무난한 소품들은 장바구니에 넣어 놓기도 했다. 이사를 가면, 작은 식물을 키울 것이다. 침대는 창이 있는 벽에 붙여서 두고, 암막 커튼 대신 부드러운 리넨 커튼을 달 것이다. 그리고 매일 아침 햇살과 함께 눈을 떠야지. 앞으로 일주일. 일주일 후면 그 모든 게 현실이 될 수 있다. 성아는 내일 아침에 용달차를 미리 알아봐야겠다고 생각하며 눈을 감았다. 다행히도 그날 이후로 단발머리의 여자애와

보증금 돌려받기

그의 희한한 무리하고는 한동안 마주할 일이 없었다. 꿈에서든, 현실에서든. 하지만 가끔 집주인과 통화를 하고 난 날이면 눈꺼풀 안쪽에 그날의 잔상이 선명히 펼쳐지곤 했다. 몸통으로부터 분리되어 피를 뚝뚝 흘리는 자신의 머리. 몸통을 뜯어 먹는 인간들. 그리고 왁자지껄한 웃음소리와 악취.

계약금까지 지불한 학생이 계약을 무른 건, 이사가 사흘밖에 남지 않은 시점이었다.

*

부동산 중개인이 말했다.

"그 학생네 엄마가 엄청 깐깐하더라고. 학생은 어려서 뭘 모르고 말이야. 아무리 뭘 몰라도 그렇지, 이제 와서 파투를 놓을 줄은 나도 몰랐다니까. 맹해 보이기는 했지만, 계약금까지 선뜻 걸길래 우리도 다 된 줄 알았지. 그런데 엄마가 지방에서 서울까지 갑자기 올라와서는, 동네랑 건물 외관만 보고 계약 안 하겠다는데 어떻게 해? 뭐, 옆에서 들어 보니까 동네가 어지간히 마음에 안 들었나 봐. 계약금이고 뭐고 돈 더 지원해 줄 테니까 다른 곳으로 알아보라고 소리를 빽 지르더라고. 그렇게 못 미더우면 처음부터 같이 집을 보러 다녔어야지, 사람 번거롭게 이게 뭐야?"

중개인의 전화를 끊었더니 엄마에게서 메시지가 도착해 있었다. 동생의 학원비 납부를 더 이상 미룰 수 없다며, 보증금을 언제 받느냐는 독촉 문자였다. 성아는 내일모레 돈을 보내겠다고 답했다. 현재 시간은 오후 1시. 오전에 중개인으로부터 소식을 들은 이후로 아무것도 먹지 못했고, 학원조차 가지 못했다. 대낮임에도 퍼렇게 빛나는 백열등을 켜 두고 있으니 꼭 상자 안에 갇힌 것 같은 기분이 들었다. 너무 답답해서 제 목이라도 조르고 싶었지만 기껏해야 손톱만 딱딱 소리를 내며 물어뜯을 뿐이었다. 사흘 안에 기적적으로 집이 나갈 리는 없을 것이다. 집주인과 담판을 지어야 했다. 하지만 어떤 식으로? 그 뻔뻔하고 멍청하며 능구렁이 같은 노인네를 어떻게 구워삶지? 성아는 용기 내어 집주인에게 먼저 전화를 걸었다. 어떻게든 돈을 받아 내야만 했다. 신호가 간 지 한참이 지나서야 집주인은 전화를 받았다. 스피커 너머로 들려오는 소리가 왁자지껄했다. 성아가 뭐라 입을 떼기도 전이었다. 집주인이 귀찮다는 듯이 외쳤다.

[또 학생이야? 나도 계약 찌그러진 거 다 들었어. 어쩔 수 없지. 그러니까 좀 더 깨끗하게 청소도 해 놓고, 살 만한 데처럼 아기자기하게 좀 꾸며 놓기도 했어야지. 뭐 사람이 사는 곳인가 싶게 황량하니까 나갈 집도 나가지를 않는 거야.]

그 말에 순간 눈앞이 희게 물들었고, 어디선가 딱, 소리가 났다. 너덜너덜했던 엄지손가락의 손톱이 부러져 있었다. 피가 맺히는 안쪽 살을 잘근잘근 씹으며 성아는 말했다.

"아니, 사장님. 그게 왜 제 탓이에요. 다 됐고 보증금 제때 안 주시면 저도 짐 안 뺄 거예요. 앞으로 집 보러 와도 보증금 받을 때까지 문 안 열어 줄 테니까 그렇게 아세요. 저도 이렇게까지 하기 싫어요."

[참 나, 내가 언제 안 준다고 했어? 나가면 준다고 했잖아, 나가면! 지금 당장 현금이 없는 걸 나보고 어떡하라고?]

보증금 돌려받기

"그거야말로 제 알 바 아니죠. 사장님 건물 몇 채나 더 있다면서요. 가진 것도 많은 분이 2000만 원 가지고 왜 그러시는데요."

[누가 그런 소리를 해? 부동산이야?]

원래 있던 장소에서 빠져나온 듯, 통화 소음이 단숨에 사라졌다. 집주인은 한참 동안 전화로 화를 냈다. 자신이 집주인, 사장님 소리 듣고 살지만 사실 망할 자식 놈 도박 빚 때문에 나가는 돈이 많아 알거지나 다름없다는 알기 싫은 가정사부터 시작해서, 한참 어른인 분에게 그런 식으로 말하면 안 된다느니, 왜 사람을 사기꾼처럼 만드냐느니 하는 훈수질까지. 그렇게 온갖 성질을 다 낸 뒤 결국 한다는 말이,

[그럼 딱 1000. 1000은 먼저 줄게. 나머지는 한 달 안에 줄 테니까 그만 좀 까다롭게 굴어. 나도 이 이상은 못 해.]

성아에게 필요한 건 1000만 원이 아닌, 2000만 원이었다. 원래 받아야 할 돈, 2000만 원. 가슴께에 뻐근하게 통증이 느껴졌고 손끝이 잘게 떨렸다. 성아는 따질 수 있는 데까지 따졌고, 집주인은 지금 급한 일이 있으니 그럼 저녁에 만나서 이야기를 나누자며 일방적으로 전화를 끊었다. 성아는 오후 2시나 새벽 2시나 다름없는 방 안에 누워 굳게 닫힌 암막 커튼을 노려보았다. 저 커튼 너머에 있는 것은 살풍경하고 지저분한 골목과 담장처럼 앞을 막아선 맞은편 빌라의 한 면이었다. 그리고 피곤에 찌든 채 오가는 얼굴과 취객들. 취객과 취객과 취객들. 그런 취객의 머리통을 노리는 무리들. 어쩌면 도시의 괴물들. 아무것도 하고 싶지 않았다. 보증금을 돌려받고, 무사히 이사를 마칠 때까지 아무것도 할 수 없을

터였다.

　　성아는 눈을 감았다. 눈을 감자 원하는 인테리어로 소박하게
꾸민 새 방이 보였고, 창밖으로는 회색 벽이 아닌 하늘이 펼쳐졌다.
햇살이 침대와 카펫을 지나 방 안을 따뜻하게 비췄다. 그 한가운데에
놓인 이질적인 물체까지도. 모든 게 적절하게 놓인 방 안에 적절치
못하게 놓인 집주인의 머리. 지난 꿈에 보았던 장면처럼 시뻘건
단면을 훤히 드러낸 머리가 이빨을 딱딱 부딪치며 폭소했다. 닥치게
하고 싶었다. 저 소음의 원인을 죽여 버리고 싶었다. 성아는 그
머리를 발로 밟아 터뜨리고, 내려치고, 으깨다 못해 살점을 물어뜯어
꼭꼭 씹어 삼키는 자신을 상상했다. 기분 나쁘기만 한 상상은
아니었다. 바싹 마른 입안에 피 맛이 고였다.

　　잠에서 깨어났을 땐 오후 9시였고, 잠들기 전과 마찬가지로
어두웠다. 남아 있던 컵라면 하나로 배를 채웠다. 집주인에게서
지금 해피하우스로 가고 있다는 메시지가 도착했다. 그렇다면
적어도 한 시간 이내에는 도착할 것이다. 메시지에 제대로 쓰인
글자가 없는 걸로 보아 또 술을 마신 듯했다. 낮에 전화를 걸었을 때
들려온 주변 소란을 듣고 이미 예상한 일이었다. 취했으면 오지 말고
다음 날에 만나자고 굳이 이야기하지 않은 것은, 당장 뭔가를 담판
짓지 않으면 답답해서 견딜 수 없을 것 같았을 뿐더러, 집주인이
술에 취해 정신이 없을 때 어떻게 구슬리면 보증금을 받을 수 있지
않을까 하는 일말의 희망이 있었기 때문이었다. 성아는 저도 모르게
부엌의 식칼을 쥐었다 내려놓기를 반복했다. 이 칼로 협박을 한다면,
가능할까? 헛웃음이 비어져 나왔다. 이렇게까지 매달려야 하는

보증금 돌려받기

자신이 한심하고 무력하게만 느껴졌다.

집주인은 자신과 만나서 무슨 이야기를 더 하려는 걸까? 성아가 원하는 것은 이야기가 아니라 보증금을 돌려받는 것뿐이었다. 지금까지 무수한 통화와 대화를 했지만 그 결론은 항상 같았다. 30분 정도 시간이 흘렀고, 거의 다 도착했다는 문자가 한 통 더 도착했다. 맞춤법이 역시나 엉망이었다. 성아는 칼 한 자루를 들어 등 뒤로 숨기고 커튼 앞에 섰다. 암막 커튼을 걷어 내자, 평소와 같은 골목의 풍경이 보였다. 그리고 저 멀리서 비척거리며 걸어오는 인영도.

택시에서 내려 해피하우스 방향으로 휘청이며 걷는 사람은 분명 집주인이었다. 저래서는 오늘 대화를 나눠 봤자 기억을 할 수는 있을까 싶을 지경이었다. 아니, 대화가 가능하긴 하려나? 또 뒤치다꺼리나 하게 되는 건 아닐까? 쏟아지는 잡념에도 불구하고 성아의 눈은 어떤 동요도 없이 깊게 가라앉아 있었다. 집주인을 어떻게 맞이할지 고민했다. 저도 모르게 칼을 쥔 손에 힘이 들어갔다. 머릿속에 계속 조금 전에 했던 상상 속 장면이 재생되었다. 그 장면은 갈수록 정교해져서, 짧은 사이에 꼭 진짜 있었던 일처럼 자리 잡았다. 입안에서 또다시 진한 피 맛이 났다. 성아는 입맛을 다셨다.

집주인이 빌라의 현관 근처까지 다다랐을 때였다. 불현듯 목덜미에 한기가 느껴졌고, 귓가에 낯선 목소리가 속삭였다. **지금이야!** 그것은 어떤 징조이자 계시였다. 성아는 목소리에 홀린 듯이 베란다 창에 코를 박았다. 소음이 다가왔다. 너무나도 익숙한 소음이었다. 동네를 누비는 배기음. 새벽마다 자신의 잠을 깨우던 바로 그 소리. 어디선가 불쑥 나타난 오토바이가 집주인의 지적을 빠르게 스쳐 지나갔고, 그와 동시에 퍽, 하는 소리가 났다. 집주인은 바람 빠진 풍선 인형처럼 쓰러졌다. 성아의 목구멍까지 차오른 열기가 순식간에 저 밑으로 꺼졌다. 칼을 쥔 손에 힘이 빠져나갔다. 멀지 않은 곳에 멈춘 오토바이의 주인이 헬멧을 쓴 채로 다가가 노인의 옷을 뒤졌다. 그는 노인의 핸드폰을 들어 확인하더니, 별 돈이 되지 않겠다고 판단한 건지 다시 내려놓고는 이번엔 지갑을 열었다. 집주인은 늘 현금을 많이 가지고 다녔다. 헬멧이 지갑 안의 노란 뭉텅이들을 그대로 자신의 주머니에 옮겨 넣었고, 집주인의 시계와 금반지 등등을 챙긴 후 다시 오토바이에 올라탔다. 성아는 그 모든 장면을 암막 커튼 뒤에 숨어 바라봤다. 심장이 거칠게 뛰었다. 처음 단발머리 여자애를 목격했을 때와는 다른 두근거림이었다. 머릿속이 안개가 걷힌 것처럼 맑아졌다. 이건 공포보다는 설렘에 가까웠다. 그렇다. 기회, 기회였다!

성아는 오토바이가 완전히 멀어진 것을 확인한 뒤, 핸드폰을 챙겨 밖으로 나갔다. 계단을 두 칸씩 뛰어 내려가는 발걸음이 날아갈 듯이 가벼웠다. 대로가 온갖 유흥으로 소란스러운 것에 비해 골목은 조용하기만 했다. 현관을 나서자 머리에서 피를 흘리는 집주인이 보였다. 정신을 완전히 잃지 않은 집주인이 성아를 알아보고는 손끝을 파들거리며 눈을 깜빡였다. 그 모습을 보자 크게 소리 내어 웃고 싶었지만, 성아는 참았다. 대신 태연히 그 앞으로 다가가 몸을 굽혀 앉았다. 그리고 바닥에 떨어진 핸드폰을 주워 집주인의 은행 거래 어플 아이콘을 눌렀다. 의식을 잃어 가는 남자의 팔에는 힘이 없었다. 성아는 그 손을 들어 지문 인식 버튼을 꾸욱 눌렀다. 어플이 열렸다. 계좌 잔액 5678만 2930원. 2000만 원도 없다면서. 너무

보증금 돌려받기

웃겨서 배를 잡고 깔깔 웃고 싶었다. 집주인이 입을 뻐끔거렸다. 119, 119, 뭐 그런 말이었을 것이다. 성아는 속으로 좆 까, 하고 내뱉고는 집주인의 귓가에 고개를 처박은 채 속삭였다.

"지금 당장 보증금 보내 주면 구급차 불러 드릴게요."

집주인이 핏발 선 눈으로 괴물을 보듯이 성아를 노려보았고, 성아는 입꼬리를 올려 씨익 웃었다. 그리고 차분히 이체하기 버튼을 누르고 자신의 계좌를 적은 후, 119를 누른 자신의 핸드폰과 함께 나란히 집주인의 눈앞에 가져다 대며 물었다.

"어떻게 하실래요? 난 그대로 집에 들어가 잠들면 끝이야. 저기 현관에 달린 CCTV는 가짜라 이거 찍히지도 않을 텐데. 찬 곳에서 피 많이 흘리면 죽을지도 몰라요."

제대로 눈을 뜨지도 못한 채 떨리는 손으로 계좌 비밀번호를 입력하는 집주인을 바라보며, 성아는 혼잣말을 중얼거렸다. 저도 이렇게까지 하고 싶지는 않았다고요….

문득 가까운 곳에서 인기척이 느껴졌다. 성아는 고개를 들어 어두운 골목을 내다보았다. 발랄한 걸음으로 다가오는 단발머리가 보였다. 그 커다란 눈으로 죽어 가는 노인, 혹은 무표정의 성아를 바라보며 여자는 입이 찢어지게 웃고 있었다. 얼마 지나지 않아 노인의 핸드폰 화면에 [송금이 완료되었습니다.]라는 메시지가 떴다. 아, 지금 이 순간 세상에서 제일 완벽하고 사랑스러운 문장이다. 성아는 119, 세 숫자를 느긋하게 누르며 정신을 완전히 잃은 집주인의 손등을 아주 살짝, 지르밟았다.

*

무사히 이사를 마치고 새 동네에 익숙해질 만큼의 시간이 흘렀다. 그날의 기억에 대해서는 질 나쁜 악몽을 꾸고 일어난 것처럼 붉고 모호한 장면과 찝찝한 기분만이 남았다. 집주인의 안부에 대해서는 굳이 알아보지 않았다. 중요한 것은 보증금을 돌려받았고, 새 보금자리에 무사히 안착했다는 것이다.

성아는 새집을 정성스레 가꿨다. 물을 자주 주지 않아도 되는 식물을 놓고, 이리저리 가구를 배치해 보고, 비좁은 공간에 잡다한 생필품들을 깔끔히 수납하기 위해 애썼다. 하지만 보증금 2000과 1500은 다를 수밖에 없었다. 이사 온 새집은 막상 살아 보니 불편한 것들이 많았다. 생각보다 좁았고, 생각보다 낡았으며 생각보다 조용하지도 않았다. 건물 바깥은 조용했으나 안쪽은 그렇지 않았다. 층간 소음이라는 게 이렇게 사람 신경을 긁을 수 있다는 사실을 성아는 처음 알았다. 그럼에도 낮에 햇살이 든다는 사실 하나에 만족하며 살았다. 매일 아침, 리넨 커튼 너머로 비치는 햇살과 함께 눈뜰 때면 예전 집에서 살았던 2년이 꿈처럼 아득하게 느껴졌다.

그 집에서 6개월을 막 살았을 때였다. 평소와는 다른 소란스러움에 일찍 눈떴다. 공사를 하는지 바깥이 요란했다. 그는 커튼을 걷고 창밖을 내다보았다. 분명 얼마 전까지 멀쩡했던 맞은편 주택가의 주위로 온통 회색 슬레이트가 쳐져 있었다. 그리고 그 슬레이트 위로 펄럭이는 현수막. 성아는 창백하게 굳은 얼굴로 현수막에 적힌 내용을 몇 번이나 반복해서 읽었다. *○○구 내 최초의 초고층 주상 복합 오피스텔. 분양 문의 대환영* 입안에서 피 맛이 났다.

보증금 돌려받기

화면 공포증

남유하

"뭐 해, 안 내리고."

엘리베이터가 멈추자 남자친구가 옆구리를 툭 쳤다. 핸드폰을 보고 있던 나는 서둘러 내렸다. 영화관에 들어서자 느끼한 팝콘 냄새에 속이 울렁거렸다. 어젯밤, 아니 오늘 새벽까지 동영상을 봤더니 피로감이 어깨에 들러붙어 있었다. 하긴 회사 생활을 하고부터는 피로가 떨어진 적이 없었지.

"팝콘 먹을래?"

남자친구의 물음에 고개를 휘휘 가로저었다. 오늘따라 줄줄이 늘어서 있는 무인 발권기의 길쭉한 화면이 눈에 거슬렸다. 천장에 매달려 예고편을 틀어 대는 모니터들도.

"4관 입장 시작합니다."

직원이 목소리를 높여 입장을 알렸다. 여기저기 흩어져 있던 관람객들이 줄을 섰다. 내 앞에는 대학생으로 보이는 커플이 서 있었다. 그런네 남사애가 어쩐지 불안해 보였다. 여자친구의 손을 꼭 잡은 남자애는 시선을 어디에 두어야 할지 모르겠다는 듯 고개를 뒤틀고 있었다.

　마침내 우리 차례가 되었고 남자친구가 모바일 티켓을 내보였다. B열 11, 12번. 또 앞자리였다. 그나마 맨 앞줄이 아니라 두 번째라는 걸 다행으로 여겨야 하나. 남자친구에게 예매를 맡기면 항상 이런 식이다. 미리미리 예매하라고 몇 번이나 말했지만 소용없다. 지난번에는 참다못해 "넌 집에서 게임하느라 바쁠 테니 앞으로 한가하게 일하는 내가 예매할게."라고 했다가 대판 싸웠다. 벌써 취준생 4년 차니 예민할 만도 했다.

　화장실에 들렀다가 상영관에 들어갔다. 옆자리에 조금 전의 대학생 커플이 앉아 있었다. 남자애는 고개를 숙이고 콜라를 마시느라 우리가 지나가야 하는데도 비켜 주지 않았다.

　"오빠, 사람들 지나가게 좀 비켜 봐."

　여자애가 속삭였고 남자애는 엉거주춤한 자세로 무릎을 끌어당겼다. 나는 몸을 얇게 펴는 느낌으로 남자애의 무릎과 의자 사이를 지나갔다.

　상영관의 불이 꺼졌다. 아까부터 남자애가 다리를 달달 떨고 있었다. 미세한 정도였지만 몸도 앞뒤로 흔들었다. 슬슬 짜증이 났다. 영화가 시작해도 그러면 주의를 시켜야지.

　반복되는 광고와 영화관 대피 요령 안내가 끝나고 실내가 완전히 어두워졌다. 영화사의 로고가 나오자 남자애가 돌연 동작을 멈췄다. 얼굴 붉힐 일은 없겠다며 안도하는데 남자애가 자리에서 벌떡 일어났다.

　"아, 뭐야."

화면 공포증

"거기 빨리 앉아."

사람들이 적대감을 가득 실은 목소리를 날렸다. 여자애가 어쩔 줄 몰라 하며 남자애의 팔을 잡아당겼다. 남자애는 여자애의 손을 뿌리치고는 어기적어기적 스크린으로 나아갔다. 사람들의 목소리가 점점 커졌다. 욕설도 들렸다. 누군가는 팝콘 상자를 던지기도 했다. 남자애는 아랑곳하지 않고 스크린 바로 앞에 멈춰 섰다. 쿵. 남자애가 스크린을 들이받았다. 투우사에게 돌진하는 황소처럼 있는 힘껏. 쿵, 쿵. 대형 화면 한구석에 붉은 점이 생겼고, 붉은 점을 중심으로 거미줄처럼 금이 퍼져 나갔다. 쿵, 빠직, 쿵. 남자애는 멈추지 않았다. 영화관은 순식간에 난장판이 되었다. 여자애는 제자리에서 발만 굴러 대며 비명을 질렀다. 누군가 말리러 갔을 때, 남자애는 이미 바닥에 쓰러져 있었다. 피범벅인 얼굴은 완전히 함몰되어 얼굴 한가운데 작은 운석이 떨어진 것 같았다. 곧 영화관 직원들이 뛰어 들어왔고, 영화 상영이 중단되었다.

"누나, 이게 무슨 일이야. 완전 무섭다."

남자친구가 떨리는 목소리로 말했다. 즉시 환불받으려 대기하는 사람도 있었지만, 대부분은 모바일에서도 환불 신청이 가능하다는 말에 밖으로 나왔다. 남자친구와 나도 덜덜 떨며 엘리베이터에 탔다. 사람들은 하나같이 창백한 얼굴로 입을 다물고 있었다. 평생 두 번 보지 못할 끔찍한 광경이, 내 머릿속에서 반복 재생되었다.

*

남자친구와 헤어져 집으로 돌아왔다. 평소라면 영화를 보고 모텔에 들렀겠지만 그런 일을 겪고 나니 남자친구나 나나 아무것도 하고 싶지 않았다. 집에 들어온 나는 신발도 벗지 않고 원룸 바닥에 드러누웠다. 그리고 핸드폰을 꺼내 검색을 시작했다. 영화관의 사건이 기사로 떴을지 궁금했다. 여러 포털을 번갈아 찾아봤지만 기사는 나오지 않았다. 대신 커뮤니티 사이트에 그 일로 짐작되는 이야기가 있었다.

오늘 강남역 메가 시네마 사고 난 거 봄?
o o(220.161) 202*. 03. 18

영화 시작하는데 어떤 인간이 일어나 스크린에 머리를 박음. 한두 번도 아니고 한 열 번은 그랬던 거 같음. 근데 그게 꼭 누가 머리채를 휘어잡고 갖다 박는 거 같았음. 뭔가 외부적인 힘이 작용한 느낌이라고 해야 하나…. 기사도 안 나오고 궁금해서 검색을 좀 해 봤음. 설마 했는데 비슷한 일이 외국에서도 있었음. 스크린포비아, 화면 공포증이라는 게 있나 봄.
https://www.reeddit.com/r/askscience/comments/x2ivt/screenphobia
대충 정리해 보면 화면을 보면 이유 없이 불쾌해지고 공포를 느끼다가 결국은 미쳐서 화면을 들이받는다는 얘기임. 근데 좀 이상한 게 공포증에 걸리면 이렇게까지 폭주하나? 보통은 무서워서 피하려고 하지 않음?

나는 영양가 없는 댓글들을 무시하고 링크로 접속했다. 영문 사이트가 나왔고, 바로 번역기를 돌렸다.

화면 공포증

화면 공포증(Screenphobia)

화면을 보고 공포를 느끼는 증상. 고소 공포증 이나 거미 공포증처럼 공포증의 일종이다. 일반 공포증이 공포 자극에 노출될 때 불안 반응을 일으키는 것과 달리, 화면 공포증은 일단 발생하고 나면 단계적으로 증상이 심화된다. 동일 환경에 소속된 여러 집단에서 발생하는 경우가 많아 전염성이 있는 질병으로 분류해야 한다는 주장이 나오고 있으나 아직 학계에 보고된 질환은 아니다. 최초로 증세가 나타난 사람은 스웨덴의 프로그래머 알렉세이 스벤손이라고 알려져 있다. 최근 북유럽, 북미, 인도 등에서 다수의 사례가 보고되었으며 화면을 특히 많이 보는 사람에게서 발생할 확률이 높다. 현재까지 밝혀진 치료법은 없으며, 화면을 최대한 멀리하는 것이 좋다. 공포를 유발하는 대상은 액정 화면에 한하며 네온사인이나 일반 광고판 등은 해당하지 않는다.

〈화면 공포증의 단계별 증상〉

1단계: 화면을 보면 불쾌감이 든다. 눈의 피로, 안구 통증, 두통, 구토 등 신체 증상이 나타난다.

2단계: 화면에서 타인이 보지 못하는 검은 점을 본다. 검은 점의 양상은 사람마다 다르다.

3단계: 환청이 들리기 시작한다.

4단계: 극도의 공포를 느낀다. 환각을 본다. 발작을 하거나, 식은땀을 흘리거나, 현기증을 겪거나, 호흡곤란 증세를 호소하기도 한다.

5단계: 충돌한다.

내용은 여기까지였다. 번역기 오류가 났나 싶어 원문을 확인해 봤지만 5단계에는 'crash into'라고만 쓰여 있었다. 그리고 댓글이 이어졌다.

마지막 단계 뭐?	와트 14시간 전
어떻게 된 거야?	청록색 잉크 9시간 전
└ 뻔하지. 지금쯤 저 녀석도 스크린에 머리를 박고 있을걸?	리우스 8시간 전
└ 그건 나도 알아. 문제는 왜냐는 거지.	청록색 잉크 8시간 전
└ 스크린을 파괴하려고? 무서우니까?	리우스 8시간 전
아, 화면의 검은 점이 커지고 있어.	윌비 34분 전
└ 난 그들의 목소리도 들려.	링켄보그 26분 전
정말 부딪히는 수밖에 없어?	그린 백 12분 전
└ 혹은 당신의 눈을 파낼 수도 있지. :-D	노바디 11분 전

댓글을 보고 있는데 팔뚝에 소름이 돋았다. 나는 몸을 일으키고 신발을 아무렇게나 벗어 던졌다. 이 글의 내용이 사실이라면…. 극장의 남자애는 화면 공포증 환자였을까?

세상에는 별의별 공포증이 다 있다. 나도 고소 공포증을 비롯해 심각하지 않은 수준의 공포증들을 갖고 있다. 요즘 같은 세상에 화면 공포증이 있다고 해도 이상한 일은 아니다. 다만 원글을 쓴 사람의 말처럼 공포증에 걸리면 보통 공포의 대상이 무서워서 피할 텐데, 화면에 '충돌한다'는 부분이 마음에 걸렸다. 전염성이 있다는 것도 납득할 수 없었지만 어차피 도시 괴담일 것이다. 그럼 영화관의 남자애는? 글쎄, 우연의 일치겠지.

오싹하긴 했지만 괴담 동영상을 봤을 때와 비슷한 기분으로, 그저 '남의 일'이라고 여기며 침대에 누웠다. 유튜브에 들어가 영화 소개 영상들을 봤다. 기분 전환이 필요했다. 딱히 기분 전환이 필요하지 않더라도 영화 소개나 타로 풀이, 연예인 뒷담화, 공포 체험설 등을 찾아보는 건 자기 전에 행하는 의식 같은 거였다. 자야지, 자야지 하면서도 동영상을 보다 보면 개미지옥에 빨려 들어가는 것처럼 멈출 수가 없다. 때로는 인생을 낭비한다 싶어 책을 읽으려고도 해 봤다. 독서라는 건, 너무 능동적인 행위였다. 에너지가 고갈된 상태일 때는 머리를 비우고 화면에 나타나는 영상을 바라보는 정도가 딱 좋았다.

오늘은 영상이 눈에 잘 들어오지 않았다. 구정물이 몸속에 차오른 듯한 불쾌감도 가시지 않았다. 그렇게 충격적인 장면을 눈앞에서 봤으니 멀쩡하다면 더 이상한 일이겠지.

침대에서 일어나 욕실로 갔다. 아무리 귀찮아도 양치질은 하고 자려고 전동 칫솔을 들었다. 스위치를 누르니 윙, 소리가 나며 타이머가 작동했다. 2분 동안 성실하게 양치를 하자 회색 액정 위에 스마일 표시가 떴다. 그런데 스마일 표시가 나를 비웃는 것 같았다. 기분 탓일 거야. 수건으로 입가를 대충 닦고 다시 침대에 누웠다. 벌써 새벽 2시 반이었다.

*

오전 내내 모니터를 제대로 볼 수가 없있다. 눈알에 보내가 촘촘히 박힌 느낌이었다. 먼지가 잔뜩 낀 것 같기도 했다. 손거울을 꺼내 책상 위에 놓고, 엄지와 검지로 눈을 크게 벌렸다. 충혈된 눈동자를 굴리며 살펴봤지만 아무것도 없었다. 혹시나 해서 인공 누액을 들이부었는데도 이물감은 사라지지 않았다. 눈의 피로, 안구 통증… 혹시 화면 공포증? 에이, 그럴 리가 없지. 새벽까지 핸드폰을 들여다봐서 그럴 거야. 이내 고개를 저었지만 마음 깊숙한 곳의 불안까지 지워 낼 수는 없었다.

　　나는 선단 공포증이라는 공포증을 알고부터 바늘, 칼, 연필심 등 뾰족한 걸 보지 못하게 되었다. 환 공포증을 알게 된 뒤에도 마찬가지였다. 연꽃 씨 사진을 보고서는 연근을 먹지 못했다. 그러다 환 공포증이 공식적으로 인정된 공포증이 아니라는 이야기를 들었다. 그다음부터는 밀집된 둥근 점을 봐도 별로 무섭지 않았다. 화면 공포증도 마찬가지다. 어제 그런 글을 읽었기 때문에 안구건조증 증상도 크게 느껴지는 것이다. 모든 건 생각하기 나름이니까. 눈을 감고 열까지 센 다음 눈을 떴다. 조금은 피로감이 가시길 기대했지만, 눈물 한 방울만 찔끔 나오고 말았다.

　　"조 대리, 잘돼 가?"

　　팀장이 자리에서 일어나 기지개를 켜며 물었다. 월요일 오전 회의 시간까지 신규 서비스 홍보 기획안을 제출해야 하는데 아직 반도 못 채운 상태였다. 내용도 내용이지만 언제나 디자인이 문제다. 나는 파워포인트 디자인에 자신이 없다. 솔직히 말하면 자신 없는 정도가 아니다. 한마디로 디자인 감각이 제로. 며칠 전에도 보기 좋은 떡이 먹기도 좋다는 둥, 내용이 아무리 좋아도 포장을 잘해야지, 비싼 굴비라도 신문지 쪼가리에 싸서 선물하면 값어치를 모르지 않겠냐는 둥 팀장에게 한참 잔소리를 들어야 했다.

"왜 대답이 없어? 이번 기획안 인사고과에 반영되는 거 알지?"

네도 아니고 에도 아닌 어정쩡한 대답을 하는데 연구소 쪽에서 이상한 소리가 들렸다. 왜 이래. 야, 정신 차려, 라는 고함과 툭탁거리는 소음이 뒤섞여 있었다. 자리에서 일어난 직원들이 하나둘 연구소로 향했다. 나도 팀장의 뒤를 슬금슬금 따라갔다. 연구소 바닥에는 신입 직원이 쓰러져 있었고, 무려 네 명의 직원들이 그의 팔다리에 달라붙어 있었다. 신입은 남자치고 체구가 작은 편이었는데 힘이 어찌나 센지 버둥거릴 때마다 그를 붙잡은 직원들의 어깨가 위아래로 들썩거렸다. 신입은 코에서 피를 쏟아 내면서도 끊임없이 소리쳤다.

"저 너머로 가야 해. 저 너머로!"

119 구조대가 오고, 신입이 들것에 묶여 실려 가고 나서야 사람들은 금이 간 모니터를 쳐다봤다. 누군가 말했다.

"모니터가… 깨졌네요."

"모니터에 얼굴을 박은 거죠?"

"네. 목에서 괴상한 소리를 내며 일어나서는 모니터를 꽉 쥐고…"

모두 목소리를 죽인 채 말했지만 그래서 오히려 더 잘 들렸다. 연구소장이 헛기침을 하자 사람들이 제자리로 돌아가기 시작했다. 모니터를 들이받은 신입. 스크린을 들이받은 남자애. 화면 공포증. 목덜미의 잔털이 삐죽 일어섰다. 코끼리를 생각하지 말라고 하면 코끼리를 생각하게 되는 것처럼, 또다시 화면 공포증이라는 단어를 떠올리지 않을 수 없었다.

만약 화면 공포증이 급속하게 퍼지고 있는 거라면? 정말

전염성이 있다면 더는 남의 일이 아니었다. 나는 감염자로 의심되는 사람을 두 명이나 가까이 접했으니까. 불안했다. 하지만 불안하기만 할 뿐 내가 할 수 있는 일은 없었다. 이미 걸렸다면 피할 길은 없을 테고, 그저 걸리지 않았기만을 바랄 수밖에.

"식사하러 갑시다."

팀장의 말에 고개를 들어 벽시계를 봤다. 11:44. 까만 바탕에서 반짝이는 새빨간 디지털 숫자. 섬뜩했다. 팀장이 자리에서 일어났고 앞자리의 강 차장도 끙, 소리를 내며 일어났다.

"저는 생각 없어요."

"여기 지금 입맛 나는 사람 있겠어? 얼른 일어나. 다 먹고살자고 하는 일인데."

그러고 보니 어제저녁 남자친구와 햄버거를 먹은 다음 아무것도 먹은 게 없었다. 속도 비어 있는 데다가 다들 심란한데 괜히 밥 안 먹겠다며 버티고 싶지는 않았다.

구내식당 메뉴는 칼국수였다. 배식을 받아 강 차장이 맡아 놓은 자리에 앉는데 주머니 속의 핸드폰이 진동했다. 보나 마나 남자친구가 보낸 카톡이고, 점심 맛있게 먹으라는 인사일 것이다. 별생각 없이 핸드폰을 보는데 눈알 안쪽이 뜨끔했다. 시신경이 끊어지는 느낌이 이럴까. 눈을 끔벅거리며 화면을 봤다.

[ㄹ 머9ㅔ 덕9ㅐ0ㅂ239208%〆&ㅑ6]

패턴이 풀려 자판이 잘못 눌렸나 보다. 조심성 없긴. 잘못 온 문자 때문에 눈만 아팠다고 생각하니 기분이 상했다. 나는 탁 소리가 나게 핸드폰을 엎어 놓았다.

"왜 그래?"

화면 공포증

강 차장이 물었다. 눈 안쪽에 묵직한 통증이 남아 있었다.

"그러게. 조 대리가 손에서 핸드폰을 놓을 때가 다 있네."

팀장이 말했다. 빈정거린다기보다 신기하다는 말투였다. 그러는 팀장도 핸드폰을 보고 있었다. 언제부턴가 점심시간에도 팀원들과 대화하지 않고 각자 핸드폰을 들여다보는 게 자연스러워졌다. 나는 어색한 웃음을 짓고는 미지근한 면발을 입에 넣었다.

오후에도 기획안은 진척이 없었다. 눈의 이물감과 통증이 더 심해졌기 때문이다. 단순한 안구건조증은 아니고, 결막염에 걸렸을 때의 증세와 비슷했다. 나는 내심 결막염이기를 바랐다. 결막염은 적어도 약으로 나을 수 있는 병이니까.

오늘 기획안을 끝내지 못하면 주말에도 나와야 할 텐데…. 마음이 조급해졌다. 눈의 통증을 참으며 모니터를 들여다봤더니 머리까지 아파 왔다. 누군가 관자놀이에 나사를 박아 서서히 조이는 것 같았다. 뒤통수와 목덜미에 스멀스멀 벌레가 기어가는 듯한 느낌도 들었다. 나도 모르게 진저리가 쳐졌다. 입에서 새어 나오려는 신음만큼은 입술을 말아 삼키며 꾹 참았다.

별수 없이 화면에서 눈을 떼고 창밖을 바라봤다. 비슷비슷한 건물들과 빈약한 가로수들, 도로를 달리는 자동차들이 미니어처처럼 작아 보였다. 그런데 구급차들이 유난히 눈에 띄었다. 맞은편 건물 앞에는 구급차가 세 대나 있었다. 이름만 대면 알 만한 게임 회사 건물이었다.

'화면을 특히 많이 보는 사람들이 먼저 감염된다.'

신입 프로그래머, 게임 회사 직원. 모두 화면을 많이 보는 사람들이다. 그리고 인정하고 싶지 않지만… 나도.

다시 모니터로 고개를 돌렸다. 화면 보호기가 어지러이 돌아가고 있었다. 뫼비우스의 띠 같기도 하고, 유전자 지도 같기도 한 도형을 바라보고 있자니 속이 메슥거렸다. 점심시간에 먹은 칼국수 면발이 위장에서 둥둥 떠다니는 느낌이 들었다. 탕비실에 가서 소화제라도 먹으려고 일어나는데 목구멍으로 울컥 신물이 올라왔다. 금방이라도 칼국수 면발이 쏟아져 나올 것 같아 이를 악물어야 했다. 손으로 입을 틀어막고 화장실로 달려가 변기를 부여잡았다. 눈물 콧물을 흘리며 쓰디쓴 위액까지 게워 냈다. 그리고 세면대에서 찬물로 입을 헹구며 속을 진정시켰다. 밖으로 나오는데 총무부의 최 과장이 손으로 입을 막고 화장실 안으로 뛰어 들어갔다. 얼핏 봤을 뿐이지만 최 과장의 눈도 나처럼 빨갛게 충혈되어 있었다.

"조 대리, 괜찮아? 얼굴이 안 좋은데?"

자리에 돌아오자 팀장이 호들갑스럽게 물었다. 그러는 팀장도 개기름이 번들거리는 게 얼굴에 랩을 한 겹 씌워 놓은 것 같았다. 정상적인 상황이라면 야근을 해서라도 일을 마치겠지만 오늘은 도저히 버틸 자신이 없었다.

"저… 속이 좀 안 좋아서요. 죄송하지만 조퇴해도 될까요?"

"어? 기획서는? 다 했어?"

"아뇨, 아직."

"어쩌려고?"

"주말에 나와서 할게요."

"그래, 가 봐. 아프다는데 뭐, 할 수 없지."

팀장이 순순히 허락한 건, 아마 오전의 사고 때문이었을 거다.

화면 공포증

팀장의 마음이 바뀌기 전에 서둘러 사무실에서 나왔다. 마침 엘리베이터가 16층에 있었다. 조급한 마음으로 닫힘 버튼을 누르고 엘리베이터 벽에 등을 기대고 섰다. 숫자판 위의 모니터에서 음식 배달 앱 광고가 나오고 있었다. 화면 하단에는 오늘의 격언이 쓰여 있었다.

[죽음은 인간이 받을 수 있는 축복 중 최고의 축복이다 – 소크라테스]

명언이라는 것까지 부정할 수는 없지만 오피스 빌딩에는 전혀 어울리지 않는 문구였다. 그때였다. 화면 아래쪽에서 볼펜 잉크가 번진 듯한 검은 점을 본 것은. 나는 고개를 숙였다. 잘못 본 걸 거야. 쿵쾅쿵쾅, 심장이 목 아래에서 울렸다.

엘리베이터에서 내리자마자 도망치듯 건물을 빠져나왔다. 그리고 판교역까지 무작정 걸었다. 빨리 안과에 가야겠다는 생각뿐이었다. 결막염이든 안검염이든 치료할 수 있는 질병에 걸렸다는 확인을 받고 싶었다.

"아무 이상 없는데요."

안약 몇 개를 줄줄이 넣고 내 눈을 들여다보던 의사가 말했다.

"그럴 리가 없어요. 눈이 아파서 화면을 볼 수도 없고, 초점도 잘 안 맞는 거 같고, 화면에 검은 점도 보이고…"

"눈에는 이상 없습니다. 정상이에요."

의사는 덤덤한 말투로 말하고 바퀴 의자를 뒤로 쭉 밀었다. 간호사가 다음 환자의 이름을 불렀다. 나는 쫓기듯 진료실을 나왔다.

"처방전은 따로 없네요."

접수대의 간호사가 차트를 보며 말했다. 정상이라는 말을 들으면 홀가분해야 할 텐데 그렇지 않았다. '눈에는' 이상이 없다는 말이 지금 상황에서는 더 무서웠다. 방광이 팽팽하게 당기는 느낌. 나는 계단 옆 화장실로 들어갔다. 화장실 한 칸에 세면대가 있는 좁은 공간이었다. 먼저 들어간 사람이 있는지 문이 잠겨 있었다. 언제 나올지도 모르고, 마냥 기다리느니 지하철 화장실에 가려고 돌아서는데 안에서 기이한 신음이 들렸다. 굳이 비유하자면 목구멍 안쪽에 들러붙은 가래를 뱉어 내는 소리랑 비슷했다. 무슨 일인지 몰라도 말려들고 싶지는 않았다. 밖으로 나가려는 순간, 문이 벌컥 열리고 안에서 사람이 튀어나왔다. 머리가 긴 여자였다. 여자의 양 볼에는 세로로 붉은 줄이 그어져 있었다. 아니, 붉은 줄이 아니었다. 여자는 눈에서 피를 흘리고 있었다. 나는 신음하며 뒷걸음질 쳤다.

"누구… 있어?"

여자가 쉰 목소리로 말하며 앞으로 뻗은 손을 휘저었다. 그제야 여자의 손에 들린 만년필을 보았다. 뾰족한 펜촉이 피로 물들어 있었다. 눈을, 자기 눈을… 찔렀어?

"난, 저 너머로 가지 않을 거야."

여자가 입술을 떨며 말했다. 어긋난 기시감이 들었다. "저 너머로 가야 해." 신입이 외치던 말과 대치되는 말이었으니까. 여자의 숨결이 내 콧잔등에 닿을 정도로 거리가 가까워졌다. 비릿한 피 냄새가 훅 끼쳤다.

"너, 넌 누구야! 날 데리러 온 건 아니지?"

피할 새도 없이 여자가 내 어깨를 콱 붙잡았다. 그 바람에 펜촉이 팔뚝에 파고들었다. 비명을 질렀는데 입에서는 드드득,

화면 공포증

하는 소리만 나왔다. 여자를 뿌리칠 생각도 도망갈 생각도 하지 못한 채 오줌을 지렸다. 뜨끈한 감각이 아래로 퍼져 나갔고, 나는 정신을 잃었다.

눈을 떴을 때 화장실에는 아무도 없었다. 화장실 바닥에 얼마나 쓰러져 있었을까? 젖은 팬티가 미지근한 걸 보면 오랜 시간이 지난 것 같지는 않았다. 긴 머리 여자의 공포를 입은 채 화장실로 들어가 팬티를 벗었다. 젖은 팬티를 쓰레기통에 넣다가 벽에 흩뿌려진 핏방울을 보았다. 피눈물을 흘리던 여자의 얼굴…. 머리가 멍해 두려움마저 둔해진 느낌이 들었는데도 몸은 여전히 부들부들 떨렸다.

그 여자는 왜? 도대체 왜 자신의 눈을 찔렀을까?

이유를 짐작할 수 있을 것도 같았지만 인정하고 싶지는 않았다. 괜찮아. 우연이 겹친 것뿐이야.

혼잣말을 뇌까리며 허둥지둥 지하철역으로 갔다. 아직 퇴근 시간 전이라 지하철 안에는 빈 좌석이 많았다. 나는 출입문 가까운 자리에 쓰러지듯 앉았다. 고개를 젖혀 유리창에 뒤통수를 대고 있는데 시선이 문 위의 모니터로 향했다. 화면 속에서 작은 열차가 네 자리 번호를 달고 나아가고 있었다. 2103이라는 숫자를 멍하니 보는데 0 안쪽이 검게 물들어 갔다. 설마, 잘못 봤겠지. 얼른 눈을 피했다. 너도 보여? 누군가 속삭이는 소리가 들렸다. 남자도 여자도 아닌 목소리. 주변을 둘러봤다. 하나같이 고개를 숙인 채 핸드폰을 보고 있을 뿐, 통화하는 사람도, 잡담을 나누는 사람도 없었다. 혹시 환청을 들었나? 검은 점, 그리고 환청…. 안 돼. 그럴 리가 없어. 자리에서 일어나 출입문에 몸을 바싹 붙였다.

두 정거장만 가면 된다. 두 정거장만….

주문처럼 되풀이해 봐도 무리였다. 다음 역에서 문이 열리자마자 튕겨 나오듯 내렸다. 역내 의자에 앉아 숨을 돌리는데 스크린 도어 위 광고판이 눈에 걸렸다. 대형 모니터에서 새로 출시된 게임 광고가 쉴 새 없이 나왔다. 벌떡 일어나 지하철 계단을 올라갔다. 계단 벽에도 전광판이 붙어 있었다. 끊임없이 흘러나오는 광고 영상들. 애써 눈을 피하려 했지만 결국 나는 보고야 말았다. 액정 위에서 바이러스처럼 퍼져 가는 검은 점을.

귓가에서 의미를 알 수 없는 속삭임이 들렸다. 이게 정말 환청이라면, 내가 화면 공포증의 단계를 밟고 있는 거라면… 마지막 단계가 되면 어쩌지? 공포심을 견디지 못하고 화면에 충돌하게 될까? 극장의 남자애처럼? 연구소의 신입처럼? 아니, 아니야. 난 화면 따위 무섭지 않아. 귓속에 거머리라도 달라붙은 듯 고개를 흔들며 지하철역 밖으로 나왔다. 길 건너 백화점의 커다란 전광판 안에는 늘씬한 모델이 서 있었지만, 모델 주변에는 곰팡이처럼 검은 얼룩이 가득했다. 지나가는 아무나 붙잡고 당신 눈에는 저게 어떻게 보이냐고 묻고 싶었다.

학생 하나가 핸드폰을 보며 내 옆을 스치듯 지나갔다. 회사원들도 핸드폰을 켠 채 화면에 눈을 팔고 있었다. 오른쪽, 왼쪽, 앞, 뒤… 핸드폰을 들지 않은 사람은 찾아볼 수 없었다. 현기증이 났다. 어지러웠다. 불에 탄 액정 속 화면처럼 세상이 우그러져 보였다. 술에 취한 듯 휘청거리다가 쓰러지기 일보 직전 빈 택시를 잡아탔다. 택시에 올라타 목적지를 말하는데… 미터기 위에서 내비게이션 화면이 깜박거렸다.

화면 공포증

젠장, 이 도시에 화면이 없는 곳은 없다. 화면은 언제나 어디에나 존재하고, 사람들은 화면을 사랑한다. 21세기의 화면은 신흥 종교나 다름없다. 우리는 독실한 신자처럼 매일 밤 자기 전 블루 라이트의 은총을 받는다. 짧게는 몇십 분에서 길게는 몇 시간까지.

"손님, 괜찮으세요?"

귀밑머리가 희끗희끗한 기사가 물었다. 나도 모르게 신음을 흘리고 있었나 보다.

"기사님, 내비게이션 좀 꺼 주실 수 있어요?"

"내비를요? 왜요?"

"제가 화면을 보면 좀… 아니, 어쨌든 부탁드려요."

"허허, 어쩌나. 내가 길을 잘 모르는데."

"제가 길 알려 드릴게요, 기사님."

택시 기사가 고개를 갸웃거리며 내비게이션을 끄더니 나를 슬쩍 돌아보며 말했다.

"근데, 오늘 무슨 일인지 모르겠네요."

"네?"

"아니… 먼젓번 손님도 내비를 꺼 달라고 하더라고요."

나는 택시 기사의 말에 아무런 대답도 하지 못했다. 울분 비슷한 감정이 머리끝까지 차올라 입을 여는 순간 폭발할 것만 같았다. 검은 내비게이션 화면이 분하다는 듯 나를 노려보고 있었다.

집에 오자마자 욕실로 들어갔다. 땀에 젖은 옷을 벗어 던지고 샤워 꼭지를 틀었다. 따뜻한 물이 머리 위로 쏟아져 내렸다. 긴장이 조금은 풀리는 것 같았다. 샴푸를 마치고 전동 칫솔을 켰다. 타이머가 작동하자 난데없이 화가 치밀었다. 나는 타이머가 바퀴벌레라도 된다는 양 바닥에 내던지고 세게 밟았다. 와자작, 슬리퍼 아래서 액정이 으스러졌다. 동물적인 거부감이 온몸을 휘감았다.

물기를 뚝뚝 흘리며 욕실에서 나왔다. 벽에 걸린 텔레비전을 보자 구역감이 들었다. 꺼져 있는 화면인데도 견디기 힘들 정도로 혐오스러웠다. 덮여 있는 노트북도 싫었다. 그것들과 같은 공간에 있다는 사실만으로도 숨통이 조여들었다.

그래 봐야 화면일 뿐이야.

턱이 아프도록 이를 악물었다. 설령 화면 공포증에 걸렸다고 해도 이대로 무너질 수는 없었다. 나는 화면을 들이받고 싶지도, 그렇다고 화장실의 여자처럼 눈을 찌르고 싶지도 않았으니까.

무엇보다, 지고 싶지 않았다. 지금까지 내 삶은 사소한 패배의 연속이었다. 매일 아침, 달콤한 잠을 몰아내는 알람 소리에, 만원 지하철에서 나를 밀치는 사람들에게, 김치찌개를 먹고 싶은 날 순댓국을 먹자는 팀장에게, 시답잖은 농담을 건네는 동료들에게… 원치 않는 웃음을 짓고 속에 없는 칭찬을 하는 순간마다 나는 무수한 패배감을 맛보았다. 물론 살기 위해서, 살아남기 위해서였다. 그런 내가, 고작 화면 공포증 따위에 질 수는 없었다. 저것들을 다 갖다 버릴 테다. 창밖으로 내던져 버릴 테다.

텔레비전 코드를 뽑으려는데 검은 화면에서 뜨거운 열기가 뿜어져 나왔다. 수증기에 화상을 입었을 때처럼 옷도 입지 않은 맨살이 화끈거렸다. 도저히 가까이 갈 수가 없었다. 노트북이라도 던져 버리려 덮개를 잡다가 손가락을 데었다. 단백질 탄내가 진동했고 덮개에는 내 지문이 하얗게 찍혀 있었다. 손가락 끝에 금세

물집이 잡혔다. 어떻게 이런 일이….

리모컨을 들어. 전원을 켜. 우리를 만나면 편해질 수 있어.

또다시 속삭임이 들렸다.

"이건 진짜가 아니야. 진짜가 아니라고!"

귀를 막고 소리를 질러 봐도 소용없었다. 목소리는 사라지지 않았다. 리모컨을 들어. 전원을 켜. 나는 목소리로 조종당하는 꼭두각시처럼 리모컨을 들고 전원 버튼을 눌렀다.

– 뉴스 속보입니다. 현재 서울 시내 곳곳에서 사망자가 속출하고 있다는 소식입니다. 이들의 사인은 전두부 손상으로 인한 과다 출혈 및 쇼크로, 주로 LED 광고판이나 영화관 스크린 등에 머리를 부딪쳐 사망에 이르는 것으로 확인되고 있습니다. 경찰 측에서는 사망자들의 주변을 탐문, 같은 방법으로 사망한 이들 사이에 연결 지점이 있는지 조사하는 중입니다. 주변에서 행동이 불안정한 사람을 보시면 즉시 119나 112에 신고 바라며…

아나운서의 목소리가 동굴 안에서 들리는 것처럼 아득했다. 묘하게 들뜬 기분으로 가장자리가 검게 물들어 가는 화면을 보고 있는데 속보를 전하던 아나운서가 딸꾹질 소리를 내더니 입을 꾹 다물었다. 이어지는 침묵, 비장한 얼굴. 스튜디오의 술렁임이 고스란히 전해졌다. 잘 봐. 재미있는 구경거리가 될 테니까. 그 순간, 아나운서가 와이셔츠 주머니의 볼펜을 꺼내 자신의 눈을 찔렀다. 미리 계산된 듯 재빠른 행동이었다.

"뭐야? 한상우 아나운서!"

카메라맨이 당황한 듯 화면이 몹시 흔들렸다. 아나운서는 오른쪽 눈에 볼펜을 박은 채 휘청거리며 일어났다. 왼쪽 눈에는 실지렁이같이 새빨간 금이 잔뜩 가 있었다. 특히 기괴한 건 그의 동공이었다. 카메라가 비춘 눈동자는 새파란 빛을 발하고 있었다. 그는 자신을 비추던 모니터 앞에 멈춰 섰다. 그리고 모니터를 이마로 들이받았다. 둔탁한 소리가 들렸다. 피가 튄 카메라가 허공을 비췄다. 화면 밖에서 들리는 비명과 다급한 외침. 문득 정신이 들었다. 이러고 있을 때가 아니지. 나는 손에 잡히는 대로 옷을 걸쳐 입고 밖으로 뛰쳐나왔다.

화면이 없는 곳, 화면이 없는 곳으로 가야 해.

빌라들이 모여 있는 주택가인데도 화면은 곳곳에 숨어 있었다. 부동산 매물을 알리는 조악한 간판도, 마을버스 정류장의 안내판도 전부 LED 액정이었다. 그리고 사람들… 사람들은 저마다 스마트폰을 들고 있었다. 귓속에서 이명처럼 높은 주파수의 소리가 울렸다. 삐이이이– 삐이이이– 멈추지 않는 소음에 미쳐 버릴 지경이었다. 이미 약간은 미친 것 같기도 했다.

화면들을 피해 이리저리 헤매다가 근린공원을 찾았다. 갈색 푸들을 산책시키던 할아버지가 벤치에 앉아 있었다. 핸드폰은 들고 있지 않았다. 다행이다. 일단 화면을 피하면 이성적인 사고를 할 수 있을 것이다. 다만 근린공원 맞은편의 편의점이 문제였다. 편의점 앞에는 아이 키 높이의 광고판이 있었다. LCD 화면에서 뿜어져 나오는 강렬한 빛의 파장. 등줄기가 싸늘해지면서 몸이 떨렸다. 나는 숨을 곳을 찾아봤다. 원통 미끄럼틀 안에 들어가 있으면 괜찮지 않을까? 다 큰 어른이 미끄럼틀에 숨으면 할아버지가 이상하게 보겠지만 어쩔 수 없었다. 힘없이 미끄럼틀 쪽으로 가는데 할아버지가 타이밍 좋게 공원을 나갔다. 동시에 웬 여자가 아슬아슬하게 강아지를 스쳐 지나갔다. 하마터면 강아지가 발에 차일 뻔했다.

"이봐요."

할아버지가 여자를 불렀지만 여자는 편의점 앞에 가서야 걸음을 멈췄다. 정확히 광고판 앞이었다. 불길한 예감이 엄습한 순간, 여자가 광고판에 머리를 박았다. 빠직, 파열음과 함께 액정이 부서지고 피가 튀었다. 할아버지가 말리려 했지만 어림없었다. 강아지가 날카롭게 짖어 댔고 편의점 사장이 뛰어나왔다. 그리고 내 옆으로 신발 없이 양말만 신은 여자가 지나쳐 갔다.

"언니, 왜 이래! 정신 차려, 언니!"

양말만 신은 여자가 절규했다. 지나가던 차가 멈춰섰고, 사람들이 몰려들었다. 언니를 부르며 절규하는 소리는 오랫동안 이어졌다.

편의점에서 멀어지기 위해 공원을 가로질러 갔다. 두려웠다. 두려운 것과 마주하고 싶지 않았다. 맞서겠다는 마음은, 바람 빠진 풍선처럼 쪼그라들고 말았다. 그래도 살아남고 싶은 마음에는 변함이 없었다. 화면을 피하려면 어디로 가야 하지? 〈나는 산사람이다〉 같은 다큐멘터리에 나오는 은둔자처럼 산속에 들어가서 살아야 하나? 아니면 지금 당장 터미널로 가서 남해행 버스를 잡아타야 하나? 아무도 없는 무인도에 가면 화면에서 벗어날 수 있지 않을까?

주변이 어둑해지고 싸늘한 바람이 불었다. 十누코만을 바라보며 거리를 헤맨 지 꽤 오랜 시간이 지났다. 갑자기 주머니에서 진동이 울렸다. 점퍼 안에 핸드폰을 넣어 두고 잊고 있던 것이다. 그래서 이렇게 몸 상태가 안 좋았나? 계속되는 복통과 구역감의 원인이 주머니 속의 핸드폰이었나? 핸드폰을 꺼내 집어 던지려다 손이 미끄러져 바닥에 떨어뜨렸다.

"누나, 살려 줘! 누나!"

핸드폰에서 찢어지는 듯한 목소리가 흘러나왔다. 남자친구였다. 어두운 밤, 국도에서 마주 오는 차의 상향등처럼 액정이 강렬한 빛을 발했다. 눈을 감은 채 핸드폰에 손을 뻗었다. 핸드폰이 불덩이처럼, 아니 드라이아이스처럼 뜨거웠다. 지금 핸드폰을 집어 든다면 손바닥이 데일 것이다.

"누나, 듣고 있어? 집으로, 우리 집으로 와 줘! 아버지, 그러지 마세요! 으아아아악…"

나는 타이머를 밟았을 때처럼 핸드폰 액정을 힘껏 밟았다. 그리고 오물이라도 묻은 듯 구두 바닥을 아스팔트에 문질렀다. 미안하지만 남자친구에게는 가지 않을 것이다. 내 몸 하나 제대로 가눌 수 없는데 누구를 구하러 간단 말인가. 게다가 남자친구의 집은 삼성역 근처였다. 삼성역 주변은 사이버 펑크 영화의 미래 도시 같은 모습을 하고 있다. LED 전광판이 건물 벽과 기둥, 지하철 역사를 도배하듯 감싸고 있다. 뉴욕의 타임스퀘어 광장과도 비슷한 느낌이다. 우리 집에서 가까운 편이라 간혹 코엑스몰에서 데이트도 했고, 남자친구 부모님이 여행을 갔을 때는 집에 놀러 가기도 했었다. 그곳의 풍경을 떠올리자 공포와 동시에 묘한 흥분이 나를 감쌌다. 섹스하고 싶어 몸이 달아오를 때처럼 피부가 따끔따끔하고 몸이 근질거리는, 말로는 설명하기 힘든 기괴한 느낌이었다. 가, 어서

가. 그곳으로. 마음의 소리인지 환청인지 알 수 없는 소리가 들려왔다. 주인공이 되고 싶지 않아? 위험에 빠진 남자친구를 구해 주는 멋진 주인공 말이야.

"아니야, 난 주인공 따위 포기한 지 오래야. 주목받고 싶지 않아. 그냥 살아남을 거야."

혼잣말을 중얼거리며 버스 정류장으로 갔다. 챙겨 나온 물건은 지갑뿐이었지만 상관없었다. 그리고 고속터미널에 가는 버스를 탔다. 분명 그랬다고 생각했다.

*

정신을 차렸을 때 나는 남자친구의 집 앞에 있었다. 남자친구 집의 현관문은, 활짝 열려 있었다. 남자친구의 이름을 부르며 안으로 들어갔다. 집 안에서는 플라스틱을 태운 것처럼 유독한 냄새가 났다. 나도 모르게 코를 쥐며 거실을 둘러봤다. 대형 TV에 깔린 사람이 벽난로 아래 쓰러져 있었다. 남자친구의 아버지였다. 상반신은 TV에 가려 보이지 않았지만 다리 길이나 발의 모양으로 남자친구의 아버지란 걸 알 수 있었다. 거대한 액정은 불에 타 녹아 버린 것처럼 그의 얼굴과 어깨, 가슴에 눌어붙어 있었다. 집에 불이 난 흔적도 없는데…. 빨리 남자친구의 방에 들어가 봐. 남자친구가 보고 싶지 않아?

집 안에서는 인기척이 느껴지지 않았다. 남자친구의 방에 들어가기는커녕 도망치고 싶은 마음뿐이었다. 그러나 현관으로 나가야 한다는 생각과 달리 내 발은 굳어 버린 듯 거실 한가운데서 움직이지 않았다. 목이 말랐다. 물기 없는 입안이 버석거렸고 바싹 마른 목구멍은 찢어질 것 같았다. 급기야 마른기침이 터져 나왔다. 물, 물 한 모금만 마시고 나가자. 나는 주방으로 갔다. 냉장고 문을 여는데 문 아래쪽에 뭔가가 걸렸다. 남자친구의 엄마였다. 남자친구의 엄마는 한쪽 눈을 부릅뜬 채 나를, 아니 허공을 노려봤다. 다른 쪽 눈에는 스마트폰이 박혀 있었다. 스마트폰의 액정도 TV처럼 녹아내려 그녀의 얼굴 반쪽을 검은 가면처럼 덮고 있었다.

화면이, 사람들을 죽이고 있어. 우리를 파멸시키려는 게 분명해.

미로를 헤매다 막다른 골목에 도달한 기분이었다. 나는 대리석 바닥에 주저앉았다. 괜찮아. 남자친구에게 가. 너를 기다리고 있을 거야. 달리 선택지도 없었다. 나는 무릎으로 기어 남자친구의 방에 들어갔다. 게이밍 체어에 앉아 있는 남자친구의 뒷모습이 보였다. 처음에는 어깨만 보여서 머리가 떨어져 나간 줄 알았다. 다시 보니 머리가 모니터에 처박혀 있었다. 어찌나 세게 박았는지 머리통의 절반은 모니터 뒤편으로 튀어나가 있었다. 타르를 뒤집어쓴 듯 정수리에서 목으로 흘러내린 끈적한 액정. 감히 그를 건드릴 엄두조차 나지 않았다. 억눌러 왔던 감정이, 짐승 같은 울음이 목구멍에서 터져 나왔다. 벗어 놓은 양말, 커피가 남아 있는 머그잔, 바닥에 떨어진 마우스…. 손에 잡히는 대로 마구 던졌다. 그렇게 한참을 방구석에서 오열했다.

여기서 벗어나야 해. 어서 일어서. 환청이 아니었다. 마지막 남은 이성의 외침이었다. 일어나 달려야 하는데, 이 지옥에서 벗어나야 하는데 다리에 도무지 힘이 들어가지 않았다. 엉덩이를 밀며 뒤로 물러나다가 바닥에 떨어진 태블릿에 손을 짚었다. 태블릿 화면이 켜지더니 만다라 문양처럼 기하학적인 무늬가 어지러이 움직였다. 걱정하지 마. 저들은 죽은 게 아니야. 다른 차원으로 이동했을 뿐이야. 너도 알지? 그래서 여기 온 거잖아. 주인공이 되고 싶으니까. 저 너머의 세상에서는 네가 주인공이야. 지금까지 넌 언제나 구경꾼이었잖아. 알아, 억울한 일이지. 저 너머로 가면 넌 모든 이들에게 사랑받을 거야.

언제부턴가 나는 화면 속의 사람들을 동경해 왔다. 그곳으로부터 철저히 배제된 타자로 존재하며, 스스로를 주인공 자리에서 내몰았다. 나이를 먹는다는 것은 세상의 중심이 아니라는 것을 확인하는 과정이니까. 그 과정을 받아들이지 못하면 꼴사나운 '관종'이 되는 거니까.

나는 성숙한 인간이라고 자위하며 화면 밖에서 살아왔다. 그러나 가슴 깊은 곳에는 세상의 중심이 되고 싶다는 욕망이 감춰져 있었다. 그래, 넌 주인공이야. 그래서 여기까지 온 거잖아?

화장실에 가서 거울을 보고, 남자친구 엄마의 옷장에서 빨간 원피스를 꺼내 입었다. 내친김에 빨간 립스틱도 바르고, 신발장에서 하이힐도 꺼내 신었다. 약간 크긴 해도 그럭저럭 맵시가 났다. 이제 나에게 어울리는 화면을 통해 저 너머의 세상으로 갈 차례다. 화면 속의 세상에서 난 반짝반짝 빛날 거야.

아파트 단지를 나와 삼성역으로 향했다. 건물 벽 전체를 장식한 웅장한 화면은 내게 딱 어울릴 테니까.

삼성역 사거리에 가까워지자 웅성거리는 소리가 들렸다. 어기저기서 경적이 울려 댔지민 차들은 꿈쩍도 하지 않았다. 12차선 도로가 주차장이 된 것처럼 차들이 멈춰 있었다. 운전석 문을 열고 나온 사람들이 대형 화면을 향해 비틀비틀 걸어갔다.

대형 화면 앞에는 사람들이 모여 있었다. 시위하는 군중처럼, 아니 꿀에 붙은 개미 떼처럼. 전광판 앞에 늘어선 사람들은 기도문을 외우듯 입을 모아 중얼거렸다.

"저 너머의 세상으로, 저 너머의 세상으로, 저 너머의 세상으로…"

전광판이 가까워질수록 역한 화학물질 냄새가 진동했다. 머리 위에는 검은 구름 같은 연기가 떠돌았다.

"저 너머의 세상으로, 저 너머의 세상으로!"

사람들의 목소리가 높아지다가 뚝 끊겼다. 맨 앞줄에 있던 사람들이 화면을 향해 달려들었다. 서로를 밟아 뭉개고, 밀치고, 악을 써 대고….

돌림노래를 부르는 것처럼 뒷줄의 사람들이 낮은 목소리로 중얼거리기 시작했다. 저 너머의 세상으로, 저 너머의 세상… 다시 높아지는 목소리…. 간헐적인 침묵이 찾아올 때마다 사람들은 화면으로 돌진했다. 어떤 이는 머리만 부딪히고 튕겨 나갔고, 어떤 이는 바닥으로 떨어져 다른 이들에게 밟혔다. 그러나 대부분은 유연하게 액정 속으로 파고 들어갔다. 끓는 물에 넣으면 두부 속으로 파고 들어간다는 미꾸라지처럼.

가만, 내가… 왜 여기에 온 거지? 이 촌스러운 원피스는, 하이힐은 또 뭐야?

뭔가 잘못됐다. 저 너머의 세상 따위 있을 리가 없다. 이건 그것들의 음모다. 그것들의 속삭임이, 번쩍이는 화면이 사람들의 정신을, 내 머릿속을 교란시키는 것이다. 그것들이 사람을 홀리고

있다. crash into. 충돌하다. 화면 공포증의 마지막 단계에서 사람들은
화면에 대한 공포가 아니라, 화면에 대한 매혹 때문에 뛰어드는
것이다.

역시… 그 방법밖에 없는 걸까.

나는 하이힐을 벗었다. 그리고 한 손에 하나씩, 거꾸로 쥐었다.
뾰족한 구두 굽이 두 개의 창처럼 내 눈을 겨누었다. 구두를 쥔 손이
바들바들 떨렸다. 힘 조절을 잘해야 해. 너무 깊이 찔러서 뇌까지
파고 들어가면 낭패니까.

땀이 흥건한 손으로 구두를 부여잡고 저절로 감기려는 눈을
부릅뜨는데,

삐이이- 하는 고주파 음이 뇌를 스캔하듯 천천히 훑고
지나갔다.

눈앞의 세상이 파랗게 물들었다.

코엑스도 무역센터 빌딩도 온통 푸른 빛에 잠겨 있었다.

두려움은 사라지고, 몸이 가볍게 부풀어 올랐다.

고개를 들어 화면을 보았다.

아름다운 화면이, 천상의 빛이 나를 맞이하고 있었다.

나는 인파를 뚫고 앞으로 나아갔다.

사람들의 끈적끈적한 피부가 닿았지만 상관없었다.

내가 살아갈 세상이, 청결하고 완벽한 세상이 나를 기다리고
있으니까.

마침내 저 너머의 세상이 손에 집힐 듯 가까워졌다.

어서 와. 화면 속 세상으로. 이곳에서는 오직 너, 너 하나만 주인공이야.

나는 따뜻한 액정에 손을 맞댔다. 쿵.

쿵.

쿵.

작가의 말

아래쪽

이시우

도시에는 수많은 투명 인간들이 살고 있다. 수많은 사람들의 시야에서 사라지는 데에는 특별히 마술적인 힘이나 초월적인 기술력이 필요하지도 않다. 그저 도시 거주민 대다수와 조금 다른 공간, 다른 시간 선에서 일상을 영위하기만 하면 가능한 일이다.

안전가옥에서 《도시, 청년, 호러》 원고 제의를 받았을 때 내가 처음 떠올렸던 '조금 다른 공간'은 우리들의 머리 '위쪽' 공간이었다. 늘 추락할 위험을 품고 있는, 대다수가 바라보는 것과는 전혀 다른 관점과 시야로 도시의 풍경을 바라보는 이들의 이야기를 쓰고 싶었다.(전해 들은 '위쪽' 공간에서 벌어지는 일 중 몇몇 개는 무척이나 기괴하고 아름다워서 여전히 마음속에 품고 있다. 다른 기회가 주어진다면 또다시 이야기의 형식으로 풀어 낼 수도 있을 것 같다.)

우연한 계기, 이를테면 수십 km의 야간 산행 중 보고 들은 것들이나 우연히 읽은 뒤로 며칠 동안 가슴에 가시처럼 박혀 좀처럼 사라지지 않는 기사 등이 내게 남긴 영향들 때문에 시야를 '아래쪽'으로 돌려 지금의 글을 쓰게 되었지만 본질적으로 처음 구상한 '위쪽'과 지금의 '아래쪽'은 같은 종류의 이야기였을 거란 생각이 든다. 이를테면 누가 애써 고개를 들어 머리 위쪽을 올려다보거나 늘 당연하다는 듯 우리를 지탱하고 있는 발밑 아래 공간에 시선을 둔단 말인가?

〈밀리의 서재〉에 글이 공개되고 몇 분들이 내게 '신도'와 '목욕'에 관해 물어보았다. 당연히, 내가 쓰는 이야기들의 원천이 늘 그렇듯 특정할 수 없는 누군가에게서 전해 들은 것들을 적당히 녹여서 꾸며 낸 것이다. 좀 더 자세한 뒷이야기가 있긴 한데 이런 글에서 너무 상세한 설명은 오히려 글의 정조를 해치는 흉기가 된다고 늘 생각하고 있기에 부러 잠결에 드문드문 귓가에 들려온 정도로 제한해 풀어내었다.

복층 집
김동식

　　사회 초년생의 가장 큰 로망 중 하나가 독립일 겁니다. 아무런 간섭 없이 지낼 수 있는 나만의 공간이 생긴다는 건 정말 즐거운 일이죠. 내 취향으로 인테리어도 꾸미고, 언제든 편하게 친구들도 부르고. 독립만 하면 행복하고 멋진 삶이 펼쳐질 것 같습니다. 하지만 막상 독립하면 로망에 없던 현실과 마주하게 됩니다. 생필품들이 자가 증식하지 않는다는 걸 알게 되고, 집안일을 매일 하는 사람이 미친 사람이란 생각을 하게 되고, 각종 공과금 펀치를 수시로 맞으며 가끔 외로움 두 스푼을 밥과 함께 넘겨야 하는.

　　그럼에도 불구하고 저는 독립생활을 추천합니다. 제가 10대 후반에 독립해서 지금껏 잘 살아왔기 때문이죠. 소설 속 홍혜화가 아버지를 졸라 독립한 것이 결코 잘못된 결정이라고 생각하지 않습니다. 잘못된 건 이놈의 세상이죠.

　　정말 정말 집은 안전해야 합니다. 원숭이는 나무 위로 도망치고,

인간은 집으로 도망칩니다. 집은 도망의 결승점입니다. '여기서부터 안전'이라는 팻말이 붙어야 할 공간인데, 사실 그곳이 가장 위험한 공간이었다니? 끔찍합니다. 아마 많은 분이 홍혜화가 느낀 공포에 공감하실 겁니다. 혹시 퇴근하고 빈집에 혼자 들어갈 때, 허공을 보며 이런 말을 해 본 적 없습니까?

"거기 있는 거 다 안다. 나와라."

저는 해 봤습니다. 물론 나올 리가 없지만, 안심하기 위한 주문 같은 겁니다. 생각해 보니 그 일도 한 번 해 본 것 같습니다. 출근할 때 현관문 틈에 종이를 끼워 놓는 것 말입니다. 나 없는 사이에 누가 문을 열었다면 알 수 있도록요. 공감하시죠? 소설 〈복층 집〉은 이런 공포를 극대화한 이야기입니다. 소설 속에서 홍혜화는 많은 걸 의심하죠. 그 의심이 주는 긴장감이 끝까지 계속 유지되길 바라며 썼습니다. 그리고 제 바람은 아마 실현되리라 생각하는데, 홍혜화가 의심한 모든 것이 실제 우리 현실에 존재하는 범죄에 해당하기 때문입니다. 실제 상황이 오히려 소설보다 더 심하기도 하죠. 미친것들이 다 사라져야 하는데….

저는 '공포 게시판' 출신이지만, 사실 본격적인 공포물에는 조금 약한 편일지도 모른단 의심이 들었습니다. 의외로 귀신이나 범죄 이야기를 많이 안 썼거든요. '도시, 청년, 호러'를 주제로 한 기획에 참여하면서 '그래도 나름 공포 게시판 출신답게 공포물을 쓸 줄은 아는구나.'란 생각을 혼자 조심스럽게 해 보았습니다. 아닌가?

아니더라도《도시, 청년, 호러》는 만세!

분실
허정

작년 봄, 코로나를 포함한 이런저런 이유들로 준비하던 영화
프로젝트가 엎어져서 침울해하던 시기였습니다. 안전가옥으로부터
공포 단편 소설 집필 제의가 들어왔습니다.

'도시, 청년, 호러'라는 주제가 마음에 들었고, 그동안
영상이라는 매체를 통해서만 이야기를 전달했었던 저에게는
새로운 도전일 수 있겠다는 생각이 들어서 작업을 하기로
마음먹었습니다.

집 안 어딘가에 블랙홀 같은 것이 있어서 끊임없이 물건들이
사라진다는 식의 설화 등에 예전부터 흥미가 있었습니다. 무언가를
끊임없이 분실하다가 결국엔 자신의 정체성마저 분실하는 사람에
대한 얘기를 써 보면 재밌겠다는 생각을 했었는데, 이 얘기가 '도시,
청년, 호러'라는 주제와 어울릴 수 있겠다는 생각이 들었습니다.
자기 자신의 미래와 생존을 위해 다른 사람들을 외면하다가,

결국엔 자신도 세상으로부터 외면당하게 된다는 내용이 마음에
들었습니다. 시종일관 혼자서 지내는 사람의 이야기이다 보니
영상보다는 캐릭터의 마음속 생각들을 마음껏 표현할 수 있는
소설이라는 매체가 더 어울리는 것 같았습니다.

    전혀 모르는 누군가에게라도 자신의 존재를 알리고 싶어서
주인공이 있는 힘껏 팔을 뻗어 그 누군가에게 닿으려고 애쓰는
이미지가 작업하는 내내 떠올랐고, 그 이미지로 마지막을 장식하면
좋겠다고 생각했습니다.

    어렸을 때부터 즐겨 읽던 '공포 특급' 류의 무서운 이야기
시리즈를 쓴다는 마음으로 접근하였습니다. 어느 정도
예상하긴 했지만, 글로 이야기를 전달한다는 건 역시 쉽지 않은
과정이었습니다. 최종적으로 나온 결과물에도 많은 아쉬움을
느낍니다. 동시에 이번 작업을 통해 소설이 가지고 있는 매력에 대해
희미하게나마 알게 되었고, 작업하는 동안 영화를 만들 때와는 또
다른 재미를 느꼈습니다. 어떤 이야기들에는 영상보다 글이 더 잘
어울릴 수도 있겠다는 생각이 들었고, 기회가 된다면 다른 이야기도
글로 써 보고 싶다는 생각이 들었습니다.

    저에게 좋은 기회를 제공해 주시고, 초보인 저를 끝까지 잘
이끌고 가 주신 안전가옥에 감사를 드립니다. 고맙습니다.

작가의 말

Not Alone

전건우

우선, 더는 '청년'이 아님에도 《도시, 청년, 호러》에 제 작품을 실을 수 있었다는 사실에 감사함을 전합니다. 언제까지나 청년일 줄 알았는데 문득 정신을 차리고 보니 중년이 되어 있는 지금의 현실이 제게는 가장 큰 공포입니다.

청년이었던 시절에는 늘 미래가 불안했습니다. 소설가 생활을 계속 이어 나갈 자신도 없었고, 먹고사는 일에 대한 고민도 컸습니다. 그나마 나이가 들면 그 모든 게 자연스레 해결될 거라던 선배들의 말에 희망을 품었습니다. 하지만 중년이 된 지금도 저는 똑같은 고민을 하고 있습니다. 여전히 미래는 불안하고, 소설가 생활은 위태로우며, 먹고사는 일에서 자유롭지도 않습니다. 어쩌면 진정한 공포는 바로 이것일지도 모르겠네요.

그럼에도 제가 청년 시절을 무사히(?) 보낼 수 있었던 이유, 그리고 어엿한 중년이 되어 어쨌든 살아갈 수 있는 이유는 혼자가 아니라는 데 있습니다. 의논할 선배나 동료가 있었고, 고통을 토로할

친구가 있었습니다. 덕분에 공포감을 나누는 게 가능했죠. 그래서 살아남았습니다. 혼자만 두려워하는 게 아니라는 사실을 알면 한 뼘 정도의 용기가 더 생기는 법이니까요.

이 작품 〈Not Alone〉은 그렇지 못한 요즘의 청년들을 떠올리며 썼습니다. 기댈 곳 없고, 의지할 대상 없이 오로지 혼자서만 공포를 이겨 내야 하는 청년들의 현실을 담아 보고자 했습니다.

우리는 '청년 고독사'라는 말이 더 이상 어색하지 않은 시대에 살고 있습니다. 무엇이 청년들을 고독으로 밀어 넣는지 생각하고, 고민하며 그 진실의 껍데기를 한 꺼풀 정도 벗겨 보려 했습니다. 물론, 지극히 저다운 방식으로 말이죠. 그러니까 수상한 사건이 일어나고, 누군가가 죽어 나가는 그런 이야기를 통해 앞서 말씀드린 지점을 건드리고 싶었습니다.

우리는 종종 젊을 때는 못 할 게 없고 나이 자체가 무기라는 말을 듣고 삽니다. 저는 이 말이 틀렸다고 생각합니다. 청년 때 저는 못 한 게 너무 많았는데 한참 동안 제가 약하고 못난 사람이기 때문에 그렇게 된 거라는 일종의 죄책감에 시달려야 했습니다. 다른 청년들은 정말로 못 할 게 없이 다 이루어 내는 줄 알았습니다. 아니었습니다. 아무리 젊어도 못 하는 건 못 하는 거였고, 만약 못 할 게 정말로 없다면 그건 나이를 떠나 누구에게나 적용되는 말이 되어야 했습니다. 저는 이런 무책임한 말들이 지금의 청년들을 더 고립되게 만드는 게 아닌가 하는 생각을 합니다.

현실의 공포는 소설가의 상상력을 아득히 넘어서곤 합니다. 그럼에도 호러 소설을 쓰는 이유는 호러라는 장르가 현실의 실루엣 정도는 비출 수 있는 거울이기 때문입니다. 이 작품을 통해 도시에서 살아가는 청년들의 고독과 고립감, 그리고 공포감을 짐작해 볼 수 있기를 바랍니다. 호러라는 장르가 그렇듯 저는 헛된 희망에 대해 말씀드리지는 못하겠습니다. 그저 재미있는 이야기를 쓰는 것이 청년 시절부터 제가 할 수 있는 유일한 일이자 무기였고, 이 작품에서도 그걸 충실히 해냈다고 자부합니다. 감사합니다.

보증금 돌려받기

조예은

가장 어려운 스위트 홈

재수 때부터 시작한 자취 생활이 거의 10년째입니다.

얼마 전에 볼일이 있어 주민센터에 갔더니, 직원 분이 제 주민등록증을 보고는 곧 재발급을 받아야 한다고 알려 주셨습니다. 민증의 뒷면을 보면 새 주소를 적는 칸이 다섯 개 있는데, 그 다섯 개의 칸이 전부 차 있었거든요. 총 다섯 번의 이사를 한 셈이니, 한 집에서 일반적인 계약 기간인 2년을 채웠다고 치면 딱 맞아떨어집니다.

물론 실제로는 2년은커녕 6개월조차 버티지 못하고 나온 집도, 계약을 연장하여 3년 동안 산 집도 있었습니다. 매번 짐을 싸서 이사한 후 또 짐을 풀어 정리하는 데는 엄청난 에너지가 들었고, 어떤 집주인이 걸릴지는 복불복이었죠. 그렇게 이사를 다녔건만, 안타깝게도 제가 살았던 다섯 개의 자취방 중에 오래 살고 싶은 집은 없었습니다. 사람이 잘 살게 하기 위해서라기보다는 그저 수익을 내기 위해 지었으니, 무언가 부족하고 엉성한 집이 만들어지는 건 당연한 수순이겠죠.

벌레가 꼬이거나, 집주인이 괴팍하거나, 해가 들지 않는 집에서 저는 늘 더 '좋은 집'으로 가길 바랐습니다. 하지만 도시의 자본주의와 부동산 원리는 절대 호락호락하지 않은 법입니다. 시세는 무섭게 오르는데 늘 매물은 없다고 합니다. 펜트하우스에 살기를 바라는 것도 아닌데 도시에서 방 한 칸 구하기란 왜 이렇게 힘든 걸까요? 내가 사는 (별로인) 집과 내 돈을 쥔 (무례한) 집주인, 청년들에게 이보다 더 어울리는 호러 소재는 없을 것 같다고 생각했습니다. 적어도 저에게는 그 둘이 제일 두려웠거든요. 그리고 그다음으로 두려웠던 건 바로 다음 집을 구하는 일이었습니다. 제 신세는 마치 내 집이 없다는 이유로 2년마다 반복되는 저주에 걸린 것이나 다름없었죠. 이사 갈 집이 현재보다 더 나을지, 별로일지 직접 살아 보기 전에는 알지 못한다는 점에서 좋은 당첨 운이라고는 없던 저는 늘 불안했습니다. 언제까지 집 잃어버린 달팽이처럼 살아야 하는 걸까, 그런 생각으로 지금도 문득 섬뜩해지곤 합니다.

햇볕을 쬘 수 있는 여유와 동네를 선택할 자유 같은 건 사치였던 한 시절을 떠올리며 〈보증금 돌려받기〉를 썼습니다. 더 좋은 집, 완전히 내 마음에 드는 집을 향한 제 열망은 아마 서울에 거주하는 동안은 식지 않을 것 같습니다. 이 소설을 읽는 많은 분들 역시 마찬가지일 것이라고 생각합니다. 제 이야기가 호러라는 장르에도 불구하고 여러분에게 약간의 공감을 불러일으킬 수 있다면 무척 뿌듯할 것 같습니다. 또 괜히 창밖을 한번 내다보고, 우리 집과 가장 가까운 건물이 얼마나 떨어져 있는지 확인해 볼 정도의 찜찜함을 선사한다면 이 이야기는 역할을 다한 것이라고 생각합니다.

이 후기를 적는 지금, 이사 시즌이네요. 하루에도 몇 번씩 이사 차량을 마주합니다. 새로운 집을 찾아가는 많은 이들이 꼭 운명적으로 오래 살고 싶은 집을 만나길 기원합니다. 그럼 저는 이만 줄이겠습니다.

모두들 각자의 도시에서 무사히 살아남으시길.

화면 공포증
남유하

소설 속 주인공처럼 나도 심각하지 않은 수준의 공포증을 갖고 있다.

지하철 환승역에는 간혹 상상을 초월할 정도로 높은 에스컬레이터가 있다. 아무 생각 없이 탈 때는 괜찮지만 높이를 인지하는 순간, 나는 슬그머니 핸드 레일을 잡는다. 은근히 손에 힘을 준다. 그럴 때면 내게 약간의 고소 공포증이 있다는 사실을 깨닫는다.

회사원 시절, 내 자리로 와서 뾰족한 연필 끝을 들이대며 말하는 동료가 있었다. 물론 눈을 찌를 정도로 가깝진 않았다. 하지만 계속 신경이 쓰였다. 나는 연필을 내 얼굴 앞에서 휘두르지 말아 달라고, 정중히 요청했다. 이 정도를 과연 선단 공포증이라고 불러야 할지는 잘 모르겠지만.

약간의 환 공포증도 있다. 밀집된 작은 원이나 구멍을 보면, 심지어 반복되는 원이 있는 옷의 패턴을 볼 때조차 나도 모르게 진저리를 친다. 어깨에 스멀스멀한 느낌이 들고 옆구리가 가려운 것도 같다. 그럴 때마다 환 공포증은 아직 공식적으로 인정된 공포증이 아니라며 마음을 가다듬는다.(그러니까 이건 공포증이 아닐 거야. 연꽃 씨앗이나 두루미 머리를 보며 아름답다고 느끼는 사람은 없잖아?)

사소한 공포증에 시달리면서 나는 공포증의 종류에 대해, 현대인의 공포증에 대해 파고들었다. 내 이야기는 대부분 호기심과 질문에서 시작된다.

오늘을 사는 우리에게는 어떤 공포증이 가장 치명적일까?

그날도 지하철 안에서 이런 생각에 빠져 있다가 문득 고개를 들어 앞 좌석의 일곱 사람을 봤다. 일곱 사람 모두 정수리가 가장 먼저 보였다. 약속이나 한 듯 고개를 숙인 채 손바닥만 한 화면을 들여다보고 있었으니까. 비단 지하철에서만이 아니다. 우리는 자기 전까지 스마트폰을 손에서 놓지 않는다. 스마트폰 없는 삶을 상상할 수 없다. 그런데 그날따라 그 모습이 생경하게 느껴졌다.

그날 내가 삼성역에 가지 않았더라면 아마도〈스마트폰 공포증〉이라는 작품을 썼을지도 모른다. 그것도 나름대로 재미있는 작업이 됐을 것 같다.

삼성역에 내리자마자 나는 거대한 '화면들'에 압도당했다. 지하철역의 벽면에서부터 백화점으로 가는 통로의 기둥까지 모두 화면으로 도배되어 있었다. 숨 막히는 듯한 기분으로 계단을 올라갔다. 가로수라든가 건물 창으로 새어 나오는 은은한 불빛 같은 걸 기대하며. 웬걸, 건물 외부에는 어마어마하게 큰 화면이 있었다. 벽 한 면을 차지하는 거대한 화면에서 아이돌이 신나게 춤을 추었다. 그 옆으로 값비싼 명품 시계가 화면을 가득 채웠다. 갖고 싶다는 생각은커녕, 액정들이 내뿜는 섬광에서 나는 기이한 공포를 느꼈다. 그리고 질문에 대한 답이 떠올랐다. 화면을 두려워하면, 일상생활이 불가능하겠구나.

〈화면 공포증〉이 탄생하는 순간이었다.

프로듀서의 말

《도시, 청년, 호러》는 지난 2021년 뜨거웠던 여름, 안전가옥이 기획·개발하고 독서 플랫폼 〈밀리의 서재〉에 연재한 여섯 편의 이야기를 모은 책입니다.

기획의 시작은 여름이라는 계절이었습니다. 7, 8월에 연재될 이야기였기 때문에 자연스럽게 '호러'라는 장르를 떠올렸습니다. 또한 〈밀리의 서재〉를 애용하는 독자 연령층이 쉽게 공감할 법한 소재와 주제를 담은 이야기이길 바랐습니다. 이어서 호러 장르 속에서의 '좋은 이야기'란 어떤 것일까 고민하게 되었습니다. 오랜 고민 끝에 나와 우리의 현재를 생각해 보게 만드는 이야기, 나와 동떨어져 있는 공포가 아니라 우리와 연결되어 있는 공포를 담은 이야기가 좋은 호러가 아닐까 생각하게 되었습니다. 그 결과 도시를 사는 우리가 깊이 공감할 만한 공포 소설로 기획의 큰 방향을 좁힐 수 있었습니다.

그렇게 모인 여섯 편의 이야기는 지하 공간 속 노동, 관음증, 고시원 생활, 커뮤니티 애플리케이션, 월세살이, 화면 포비아를 소재로 하여 차별, 청년 주거, 정체성의 상실, 외로움, 중독 등 도시 속 우리의 삶과 멀지 않은 주제를 풀어내며, 동시에 이 시대를 살아가는 청년이 공감할 수 있는 정서와 애환을 담고 있습니다.

괴담과 호러 콘텐츠의 부흥과 발전을 꾀하는 창작 그룹 '괴이학회'를 창립하고 활발하게 활동 중인 이시우 작가님, 《회색 인간》을 비롯한 열 권이 넘는 작품집을 통해 단편 읽기의 쾌감을 선사하는 김동식 작가님, 영화 〈숨바꼭질〉을 통해 괴담을 바탕으로 현실적인 공포를 잘 자아낸 허정 감독님, 호러 장르 속에서 인간에 대한 따뜻한 시선을 놓치지 않는 전건우 작가님, 간결한 문장으로 독특한 상상력을 쌓아 가는 조예은 작가님, 장르를 넘나들며 독자의 가슴을 서늘하게 만드는 남유하 작가님까지, 여섯 분의 작가님들이 안전가옥의 기획에 섬뜩한 상상력을 더해 주셔서 이 책이 탄생할 수 있었습니다.

이 기획에 동참해 주시고, 호러 속에 도시 속 청년과 그들의 삶을 담아 써 주신 여섯 분의 작가님께 감사드립니다. 작가님들 덕분에 원고를 읽는 동안 '정말로' 즐거웠습니다.

여섯 편의 이야기 속 여정을 함께해 주신 독자님들, 감사합니다.

안전가옥 스토리 PD
이은진 드림

도시, 청년, 호러

기획   안전가옥
콘텐츠 총괄   이지향
프로듀서   이은진
            고혜원, 김보희, 신지민, 윤성훈
            임미나, 정지원, 조우리, 황찬주
퍼블리싱   박혜신, 이범학, 임수빈
편집   이혜정
디자인   금종각 Golden Bell Temple Graphics
경영전략   나현호
비즈니스   이기훈, 임이랑
서비스 디자인   김보영
경영지원   홍연화

펴낸이   김홍익
펴낸곳   안전가옥
출판등록   제2018-000005호
주소   04779 서울특별시 성동구 뚝섬로1나길 5,
        헤이그라운드 성수 시작점 201호
대표전화   (02)461-0601
전자우편   marketing@safehouse.kr
홈페이지   safehouse.kr

ISBN   979-11-91193-53-4 03810

초판 1쇄   2022년 5월 30일 발행
초판 2쇄   2022년 8월 5일 발행